中宣部主题出版重点出版物

廉洁文化故事

新时代

XINSHIDAI

上海文化出版社

上海故事会文化传媒有限公司

图书在版编目（ＣＩＰ）数据

新时代廉洁文化故事 /《故事会》编辑部编.

上海 : 上海文化出版社，2024.12. —— ISBN 978-7
-5535-3108-3

I . I247.81

中国国家版本馆 CIP 数据核字第 2024PR1985 号

新时代廉洁文化故事

著　　者：《故事会》编辑部编

责任编辑：朱　虹

装帧设计：周　睿

责任督印：张　凯

出　　版：上海文化出版社

出　　品：上海故事会文化传媒有限公司

　　　　　（201101 上海市闵行区号景路 159 弄 A 座 3 楼 www.storychina.cn）

发　　行：上海文艺出版社发行中心

　　　　　（上海市闵行区号景路 159 弄 A 座 2 楼 206 室）

印　　刷：苏州市越洋印刷有限公司

开　　本：890毫米x1240毫米　1/32　印张8.25

版　　次：2024年12月第1版　2024年12月第1次印刷

I S B N：978-7-5535-3108-3/I.1196

定　　价：68.00元

上海故事会文化传媒有限公司出品（01197）www.storychina.cn

想看更多精彩故事？
扫码下载故事会APP

上海故事会文化传媒有限公司所有图书可办理邮购，免收邮费(挂号除外)

汇款地址：上海市闵行区号景路159弄A座2楼206室（201101）

收款人：上海故事会文化传媒有限公司出版发行部

联系电话：021-53204159

如发现本书有质量问题，请与印刷厂质量科联系T:0512-68180628

目录

持廉守正
两袖清风

修身齐家
代代相传

携手话廉
河清海晏

廉润初心
笃行致远

持廉守正　两袖清风

其身正，不令而行；
其身不正，虽令不从。

局长的灵药

吴　嫡

　　王大宇是个年轻公务员，刚被分到公路管理局，当局长秘书。局长五十多岁了，头发花白，微胖，总是一副懒洋洋的样子。他第一次见王大宇，先不交代工作，而是给了他一个药瓶，上面写着很多外文。

　　局长解释说："这是古希腊的灵药，你看古希腊人长得个个像健美冠军似的，都是这药的功劳。"

　　王大宇脸上在赔笑，心里却想，这个局长脑了也太简单了，连这种事也信。

　　不管王大宇信不信，局长反正是信了，他反复叮嘱王大宇：

"记住啊，这药要随身携带，我随时要吃的。"王大宇本来以为局长是随便说说，但是，他很快就明白了这灵药对局长的重要性。

这天，王大宇正忙着准备一个高速公路招标会的材料，内线电话忽然响了，这是局长办公室的。王大宇赶紧接起来，只听局长在电话里咳嗽得很厉害，断断续续告诉王大宇赶紧把灵药拿进办公室。

王大宇不敢怠慢，赶紧拿着药瓶冲进局长办公室。局长正在会见投标的供应商刘总，但他此时咳得满脸通红，上气不接下气。他一见王大宇进门，赶紧伸手去接药瓶。

王大宇立刻拧开盖子，递给局长。局长颤抖着往手心里倒了一片药，刚要吃，又是一阵咳嗽，连药片都掉到了地上。

王大宇赶紧捡起来，犹豫着要不要扔掉再换一片。局长看出了他的心思，连连摆手，在咳嗽中奋力说："别……别扔……"他边说边从王大宇手中捏过药，放在嘴里，拿起水杯猛喝一口，咽了下去。他又喝一口水，但又咳嗽起来，水喷了出来，溅到了刘总的西装上。

局长连连摆手向刘总示意致歉。刘总倒是很从容，他面带笑容，连声说："没关系。"

局长咳嗽略有平复，苦笑着对刘总说："我这是老毛病了，一个不注意，呛一口水就能咳嗽半天。全靠这瓶灵药，下次有机会，我给你也弄一瓶，真是很管用啊。"

此刻，王大宇已收拾好了局长的桌子，正要离去，忽然被局长叫住了。他问王大宇："小王，下午的例会是几点的？"

王大宇看看表，回答说："还有二十分钟。"

局长又问："我的发言稿准备好了吗？"

王大宇暗暗叫苦，局长昨天还让他把例会稿子放一放，先准备招标会的材料，怎么现在又要起稿子来了。但他深知，局长永远是对的，于是，赶紧认错："没写呢，我疏忽了。"

局长显然有点不满意，他皱着眉说："这次例会有记者来旁听。我得赶紧准备发言。你呀，下次不能这么马虎了。"

刘总是个聪明人，他一听，立刻起身告辞："您先忙，我改日再来拜访。"说完，他就走了。

过了两天，王大宇正在办公室整理材料，一个女孩走进来，说要找局长办事。

王大宇一抬头，顿时愣住了。这个女孩太漂亮了，明眸皓齿，穿一身白色纱裙，看着就像仙子下凡一样。

王大宇顿时觉得自己话都说不利索了，结结巴巴地问："你找局长……有什么事？预……预约过了吗？"

女孩大概见惯了这种反应，抿嘴一笑："你去通报一声，说刘总的秘书来送资料就行。"

王大宇告诉局长后，局长点点头："让她进来吧。"王大宇转身刚要走，局长说，"我有点不舒服，过一会儿，把我的药拿过来。"王大宇答应一声出来了，女孩随即就进去了。

王大宇揣好药瓶，进了办公室。只见局长正皱着眉说："给我倒片药，我就着杯里的苦丁茶喝。"

女孩听了，微笑着说："局长，您用茶吃药不科学啊。您是哪里不舒服？"

局长苦笑着说："腰疼，老中医给看了，说是肾虚，还说这病虽然仪器检查不出来，可不是闹着玩的。我年轻时下乡爱喝酒，医生说酒色如伐木之斧，五十岁之前不觉得，一过五十岁，病就都找上来了。现在有时多走几步都出虚汗，全靠这药顶着了……"说完，他接过王大宇递来的药片，吞服下去。

此时，王大宇对局长的这瓶灵药已经有几分敬意了，没想到这药既能止咳，还能治肾虚。

女孩也看了看那个药瓶，然后笑了笑说："治标得先治本。不瞒您说，我爸就是老中医，回头我给您一个祖传秘方，您再试试。"

局长一听，连连摆手说："谢谢你的好意，但是药不能乱吃，我就认准这瓶灵药了。而且送我药的人说了，这古希腊的药，也像中药一样需要药引子，不同的药引子配上，就能治不同的病。比如配上这苦丁茶，就能治肾虚，还能去火。"

女孩似懂非懂地点点头，放下资料，便走了。

王大宇看着天仙翩然离去，心中有点惆怅。不过接下来，他也没有惆怅的时间了。几天后，招标会就要开始了。王大宇忙得不可开交。

到了大会当天，局长又犯病了。只见他坐在主席台上，脸色发青，手不停地摸着太阳穴。王大宇担心局长身体不舒服，所以随身带好了灵药，他摸摸口袋，药还在，心里就踏实了。

几家公司开始投标了，其中一家便是刘总的公司。大家讲标的时候，局长一直用手揉着太阳穴和额头。当三家都讲完后，按规定，投标供应商都退出去了，留下评标人员议标。

经过议标，一家资质很强的公司分数最高，而刘总的公司则落选了。不过分数只是个参考，最终结果还要局长来定。评标时，局长的头疼得更厉害了，一言不发，两手捂着头左右摇晃。

这时王大宇兜里的手机响了，不是他的，是局长的。王大宇一看电话号码，吓了一跳，这是局长的领导打来的电话。

王大宇赶紧把手机送上去，局长一边接通电话，一边吩咐王大宇："把药给我倒出一片，不，两片来。这头疼得像炸开了似的，耳朵也嗡嗡的，你们在旁边说什么，我一个字都听不见！"

王大宇赶紧倒了水和药，拿过去给局长。

局长拿着电话正在喊："领导，您说的话我听不清楚啊，我这耳朵呀，现在离手机稍微近一点就像敲锣打鼓似的。我把手机开成免提，放大音量，就听得见了。"说完，局长把手机开成了免提，调到最大音量，放在桌子上。

这时，会场里的人都听到电话里上级领导清清嗓子，关切地说："大家辛苦了，你们继续，保重身体，千万不要和你们局长一样，病倒了。"说完，他就挂断了电话。

招标会顺利结束了，在招标结果出来之前，局长因为身体原因，申请调往科协做党建工作。公路管理局是热衙门，那边是冷衙门，正好适合局长静养身体。局长岗位暂时空缺，由上级领导兼管日常工作。很快，招标结果出来了，刘总成了一匹黑马，赢得了这个高速公路项目的竞标。

这天，王大宇正整理局长办公室，准备迎接新领导。他忽然发现了老局长的那瓶古希腊灵药，打开一看，还有一大半呢。他立刻拨通了老局长的电话，说要给他送药过去。

"什么药？哦，那个药！"电话那头的老局长半天才反应过来，看来新的岗位挺适合养病的，他都忘记了自己曾经不肯离身的灵药了。老局长笑着告诉王大宇，那瓶药是自己的上任送给自己的，现在就送给新任局长吧。

　　王大宇疑惑地说："您不说明白，新局长怎么知道这是什么药？怎么吃这药呀？"

　　老局长笑了起来，他说："这种灵药呀，疗效因药引子而异，也因人而异，随缘吧。"

　　王大宇听了，只觉一知半解，似乎懂了，又似乎更糊涂了。

　　半年后，公路管理局的上级分管领导因为贪污腐败落马了，刘总也因为行贿和偷工减料造成事故进了监狱。

　　有一次，王大宇在街上碰到了老局长，他终于忍不住又问起了那种灵药。

　　老局长想了想，跟他说："那天刘总来见我，送了两张卡：一张是银行卡，一张是房卡，贴着他那漂亮女秘书的名片。这种情况，我只能吃药了啊！"

　　王大宇也不是傻子，他联系前因后果那么一想，什么都明白过来了。不消说，那次招标会，局长推说头疼，用免提接听领导的电话也是故意的啊。

你有一百万吗

宾 炜

　　白县有位誉满全城的书法收藏家，叫张得梦，是个五十多岁的中年人，收藏的墨宝不下百件。张得梦平时喜欢广结新朋旧友，加上为人又豪爽，所以家里经常宾朋满座，看过他家墨宝的人不计其数。但据知情者透露，张得梦手里其实还有一件藏品，可谓他的镇斋之宝，如果要看，除非你拿一百万来押着，看完了再把钱拿回去。消息传开了之后，大家尽管心里痒痒，可上哪儿去弄一百万哪，所以也就没人再敢提及此事。

　　这天，张得梦刚送走一批朋友，门铃又响了，开门一看，来的竟然是电视里几乎天天上镜头的新县长李爱华。原来李爱华也是一位书法发烧友，自小就痴迷这东西，调到这里当县长，听说张得梦的大名，就找上门来了。

张得梦不敢怠慢，把李爱华请进门，寒暄过后，便主动请他欣赏自己收藏的那百件藏品，李爱华看得直呼"过瘾"，连连叹说"不虚此行"，张得梦只是呵呵地笑着，并不多话。最后，李爱华见张得梦没有要再挽留自己的意思，犹豫了一下，试探着问："听说您还有一件镇斋之宝？"

"这个嘛……"张得梦面露难色，吞吞吐吐地说，"李县长既然知道我手里还有一件藏品没拿出来，那么想必也听说我关于看这件藏品的规矩了吧？不过，既然李县长开了口，那我……我要不就破一次例？"

李爱华一听张得梦说得这么勉强，赶紧摇手："不不不，我不能坏了您的规矩，那就以后再说，以后再说吧！"

张得梦似乎松了一口气。李爱华走时，他握着李爱华的手说："李县长，您是一县之长，其实要看我这藏品也不难，快则一二年，慢则三五年，我就在家里等着您再次光临！"

李爱华听张得梦这么说，不由心中一愣：我一个挣工资的小县长，就是拼死拼活做一辈子，也攒不出一百万呀！你这话是什么意思？他只好苦笑着摇摇头。登门没能尽兴，这多多少少有点让他不痛快，但回到单位，接踵而来的诸多工作让他很快就把这件事忘到了脑后。

大概过了半年，县里要对城区进行大规模改造，消息一传出，全县大大小小的包工头都立刻活动起来，跑关系走后门，要给自己拉项目。李县长是这个工程的总指挥，于是每天向他示意的人一拨接着一拨，而且他们似乎一夜之间全都激活了身上的艺术细胞，进门时手里必揣墨宝，都表示要来与李县长交流书法艺术。

李爱华的对策也简单，就是来者统统不拒，他只和对方谈书法，谈完，一概请他们带墨宝走人。其实，李爱华对书法艺术的鉴赏力非常高，这些人拿进来的东西，他一看就知道哪幅值钱哪幅不值钱，但他心里更清楚，如果收下这些东西，就和收钱没什么两样，所以拒收的态度非常鲜明。

有个包工头，人称"王胖子"，已经找李爱华"交流"过好几次了，因为什么名堂都没有交流出来，所以这天晚上又找到了李爱华的家里。王胖子其实是个大老粗，早就不耐烦这种玩文雅的方式了，这次索性"真刀真枪"地上，进门就捧出个大纸包，说："李县长，这回我想请您看看这个！"他"哗啦"一下把纸包打开，里面全是一叠叠捆扎得整整齐齐的钞票。

李爱华的脸顿时就沉了下来："对不起，我没兴趣谈这个！"

"李县长，您误会了！"王胖子不慌不忙地说，"我是请您去看张得梦镇斋藏品的啊！听说您去过一次，没看成，所以我想把这一百万借给您，您看完之后把钱还给我不就得了？"

李爱华一怔：借钱看字，这倒是个办法呀！他本来已经把这事放下了，现在被王胖子一提，心里不禁又痒了起来。

王胖子一看苗头来了，赶紧趁热打铁说："李县长，钱留在您这儿，咱们就这么说定了！"说着，他就要走。

李爱华点点头说："也好，我看完了就马上把钱还给你，一分都不会少！"

王胖子一听，喜滋滋地走了。

望着王胖子乐颠乐颠的背影，李爱华再瞧一眼他留在桌上的那一大包钱，忽然就感觉不对起来：我去张得梦家的事，他怎么会知道？这会不会是他们串通起来给自己设的套？他一拍脑袋：我怎么这么浑啊！他倒抽一口凉气，拿起桌上的电话就打给王胖子，叫他马上回来。

王胖子还以为李爱华是在张得梦那里出了岔，进门就问："咋的，李县长，您给张得梦打过电话了？一百万还不能看吗？"

李爱华让王胖子把一百万元钱收起来，然后不由分说把他推出了门："对不起，我没兴趣看张得梦的东西！"

第二天，李爱华起了个大早，径直就去了张得梦的家。张得梦见新县长一大早登门，非常惊讶："想不到李县长这么快就来了？"

李爱华当然听得出张得梦话里的讥讽之意，于是就说："我今天是空手来的。不过，我不是来看您的镇斋之宝，我是特地来告诉您，今后，我不会为这个事来了。"

这话让张得梦颇感意外："为什么？"

李爱华语气沉重地说："一来我不想破您的规矩，我一辈子也凑不足一百万；二来嘛，不少热心人知道我没钱看字，变着法子非要借钱给我，我想让他们死了这条心！"说罢，李爱华转身要走。

"慢！"张得梦突然朗声大笑起来，拉起李爱华的手把他请进了屋。张得梦对李爱华说："其实，我这件藏品最有资格看的，就是你李县长。"

"我？为什么？就因为我是县长？"

张得梦摇摇头。

"那……"李爱华奇怪了，"那是因为什么？"

"因为……"张得梦喃喃道，"因为这幅字是出自你自己的手啊！"

"什么？"李爱华瞪大了眼睛。

张得梦含笑点头，说："当年我是个下乡干部，有一次路过一户山里人家，看到一个八九岁的男孩，正趴在炕上练字。我问他为什么不去上学，他告诉我因为家里穷，爹拿不出钱。但我发现这孩子非常聪明好学，小小年纪已经会写很多字了，而且都写得挺不错，于是我把身上的钱和粮票统统掏出来塞给他，叫他让爹送他去学校。临走的时候，为了鼓励孩子，我说要带一张他写的字回去给城里的孩子看，于是这孩子就挑了一张他认为写得最满意的给了我，这张纸我到现在都保存着！"

张得梦一边说着，一边小心翼翼地从橱柜里取出一张已经发黄了的旧报纸，在李爱华面前轻轻展了开来。李爱华的心"怦怦"直跳，因为他看到张得梦展开的旧报纸上面，用木炭写着一行字：我要学好本领，长大为人民服务。他愣住了，小时候那刻骨铭心的一幕立刻闪现在眼前。张得梦说的这个小男孩就是他自己啊！而且岂止是当年，后来从读小学开始，一直到大学毕业，李爱华上学一直都是这位好心人资助的。可好心人从不张扬，也从不露面，每次给李爱华汇来学费的时候，留的都是"过路叔叔"这个名字。李爱华实在搁不下这份情，参加工作后曾经多方寻找，想当面对好心人说一声"谢谢"，可好心人却就此没了音信。他怎么也想不到，这个好心人今天会以这种方式，突然出现在自己面前。

刹那间，多年来慈善资助和受助的点点滴滴，犹如汩汩清泉同时流淌在两个人的心田。张得梦乐呵呵地说："你肯定已经认不出我来，当年你还那么小嘛！当我从电视上知道你来做我们父母官的时候，我真打心眼里为你自豪啊！可我不知道这么多年下来，你会变成一个什么样的人，也不知道你以后会成为一个什么样的官。所以我故意用这一百万来试探你。至于这张报纸，这么多年我一直舍不得扔掉，是因为我格外看重山里孩子的这份朴实真情。不过今天我想还是让它'物归原主'更好。你说呢？"

李爱华激动得热泪滚滚，他紧紧握着张得梦的手说："恩人哪，倘若我今天真拿着一百万来，我还怎么有脸见您啊！"

校牌风波

顾嘉晨

　　红星镇地处偏远山区，经济落后，各村小学比较分散。这些年，镇领导重视教育，积极筹措资金扩建中心小学，打算将各村小合并到中心小学，给孩子们一个宽松且高质量的学习环境。经过一年多的施工，新校舍建好了，恰巧又是建校五十周年，这可是本校的大事，校务处忙了整整一个月，将曾在中心小学任教的退休教师和在这里读过书的社会贤达名单整理出来，打算搞个大型的校庆活动。

　　校庆活动可是个大事，主管文教的莫副镇长亲自来学校检查工作，中心小学的高校长在门口迎接。莫副镇长在大门口张望了一下，突然问道："大门口的学校牌子怎么没挂起来？"

高校长回答说："我正打算向你汇报这事呢！学校的牌子就像一个人的脸面，可不能马马虎虎敷衍了事，我想和你商量一下，请个有名的书法家来写这牌子。"

莫副镇长点了点头，又问："邀请的人员名单都整理出来了吧？"

高校长忙将手中的名单递了过去："凡是和中心小学有关的退休教师、离休干部、社会贤达都在这里了。"

莫副镇长接过名单翻了一下说："高校长，这名单里为啥没市教育局何局长的名字呀？他可是咱们镇出去的最大的官了，还是个知名的书法家。"说完，莫副镇长又意味深长地补了句："何局长可是中心小学响当当的一块牌子呀！对了，学校大门的牌子就请他写，这叫大牌写校牌，名正言顺。"

高校长苦笑了一下说："我查了，何局长是村小毕业的，压根没在中心小学读过书。"

莫副镇长用手指了指高校长，埋怨说："你呀！真是个死脑筋，现在的村小都合并到了中心小学，他当然是中心小学的学生。"

对呀！一语惊醒梦中人，高校长摸出钢笔，正想在名单上补上何局长的名字，莫副镇长摆了摆手阻止说："别急，你这样冒冒失失发个邀请函，他不来怎么办？要讲究策略，我先给他打个电话联系一下。"说着，他摸出手机打给了何局长。

果然，何局长起初支支吾吾地说自己是村小毕业的，压根没在中心小学读过书。莫副镇长说："村小都合并到了中心小学，所以您当然也是中心小学的学生呀！您是我们的骄傲，是学校的一块牌子，是学生的楷模，因此想请您给我们写校牌，校庆那天再请您为新校舍挂牌揭幕。"何局长这才爽快地说："字我晚上帮你们写好，明天给你们快递过去，校庆那天，我一定到。"

哈哈，搞定了！高校长开心地回到办公室，吩咐校务处照修改后的名单填写邀请函，并发了出去。这何局长是个守信的人，没过几天，高校长就收到了他的快递，拆开一看，何局长的字确实非同凡响，竖写的"红星中心小学"几个字苍劲有力，让人爱不释手。

红星镇是个小镇，没有广告公司，高校长不敢怠慢，亲自量好了校大门的尺寸，开车赶到县城，找了家广告公司制作学校的牌子。

一切准备就绪，明天就是校庆的日子，高校长也长长地松了口气，正打算在办公室好好休息一下，莫副镇长打来了一个让他心惊肉跳的电话："高校长，我刚得到内部消息，何局长被请去'吃茶'了。这校牌是他写的，还是赶快换掉！"

天哪！怎么会这样呀！高校长当然知道"吃茶"是什么意思。他稳了稳情绪，开车到了新校舍大门口，将牌子摘了下来，随手丢进了杂物间。

学校不能没牌子，明天就是校庆的日子，怎么办？高校长打电话给广告公司，让他们连夜制作一块牌子。广告公司的人说油漆干不了。高校长说："你用热能灯烘一下，然后用油纸包住牌子，上面扎红绸，到时一拉，红绸和油纸同时落下，这样字就不会被擦掉了。"

第二天一大早，高校长赶到了学校，见包着油纸的牌子已经挂好了，这才松了口气。校庆时间定在十点，九点左右，高校长正在门口迎接嘉宾，莫副镇长又来了个电话："高校长，何局长的事情是个误会，他是个廉洁的好干部，纪委领导怕他误了校庆的时间，已经派车将他送过来了，所以，他仍然是我们小学的一块牌子。你赶快将他写的牌子挂上去。"

高校长不敢怠慢，忙去杂物间拿那块被他丢弃的校牌。谁知，杂物间已被清理得干干净净。他一问才知道，校总务见杂物间太乱，连夜叫辆垃圾车清理了。

还好，垃圾车驾驶员住得离学校不远，高校长开着车找到驾驶员询问校牌的去向，那驾驶员两手一摊说："垃圾我都送到填埋场了，估计已经被填埋了。"天哪！高校长的额头渗出了密密麻麻的汗珠，他调转车头直奔填埋场……

填埋场里臭烘烘，一台推土机正来回推着堆积的垃圾。高校长什么也不顾了，他爬上堆成小山样的垃圾堆，双手拨拉着垃圾寻找校牌，可是，根本没有校牌的影子。

这时，推土机开回来了，驾驶员见有人在垃圾堆上扒拉东西，探着头喊了声："你干啥？"

高校长被这突如其来的喊声吓了一跳，人也滑下了垃圾堆，他正想抬头解释，竟然看到了露出半截儿的校牌。

哈哈，真是踏破铁鞋无觅处，得来全不费功夫呀！高校长紧绷的神经松弛了下来，他长长地吸了口气，突然间感觉，这垃圾场的味道还蛮好闻的。在推土机驾驶员的帮助下，脏兮兮的校牌很快被挖了出来。

高校长带着校牌刚到学校，莫副镇长就来了电话："高校长，校牌弄好了吗？何局长二十分钟后就到。""好了，你放心！"挂了电话，高校长将校牌交给总务，让他洗干净了，包上红绸挂到校门口。

万事俱备，就等何局长了。没一会儿，何局长在镇领导的陪同下来到了学校。高校长忙将一行人迎到了嘉宾席落座。莫副镇长皱着眉头轻声问："高校长，你身上怎么有一股怪味？"高校长苦笑了一下："还不是那块校牌闹的。"

仪式开始了，在播放了一段讲述学校发展历程的纪录片后，主持人宣布请何局长与镇书记移步给学校揭幕。

大家到了校门口，牌子包着绸，上面还用红绸扎了朵大红花。何局长与镇书记一左一右拉着红绸，轻轻一拉，包着的红绸掉下来了。大家在鼓掌的时候，突然发现"红星中心小学"的"心"字中间竟然少了一点。

高校长的脑袋嗡了一下，腿也发软了，他知道，这一点肯定是在垃圾场蹭掉了，现在只能求菩萨保佑，何局长千万别回头，别发现这"心"字少一点啊！但事与愿违，这可是何局长的题字，他当然要回头看，一眼就见到了"心"字的中间少了一点。

莫副镇长自然也发现了问题，他打圆场说："'心'字少一点，是等何局长现场补这一点呢，这样更有纪念意义。"说着，他转头对高校长说："快去拿红油漆和毛笔，请何局长现场补一点。"

高校长露出了为难的表情，红油漆一时之间可不好找啊！何局长摆了摆手说："不用这么麻烦，找盒红色的印泥就行。"

很快，高校长让人从学校找来了一个红色的印泥盒。何局长打开盖子，用大拇指按上印泥，给缺了一点的"心"字补上了红点。

何局长站在牌子前，指着这个红点语重心长地说："教书育人，其心得正，只要保持红心，就不会愧对父老乡亲！"

何局长话音刚落，大家都鼓起了掌，高校长和莫副镇长相互对视了一下，满脸羞愧。

下盘萝卜棋

王乃飞

陆桥是某市新上任的副市长，主管农业，他不好烟酒，更不爱钱，唯一的爱好就是下象棋。这无疑给那些找他办事的人出了个难题：送他什么他都不要，总不能送象棋吧！

这天，冯秘书对陆桥说："陆市长，我见到一个下象棋的高手，棋术真是出神入化呀！"

冯秘书说，上次他开车回老家，无意中在镇上看见一个摆棋摊的人。棋摊上有块牌子，写着：下一盘棋十块钱，三十招内不赢就算输。那个人棋术太高超了，眼见着七八个人都在三十招内输给了他。冯秘书也懂得些下棋的道道，可跟人家一过招，没走出二十步，就输了……

本市还有这样的高人？陆桥一听，心里痒痒的，问："那个人在哪里，我去跟他下一盘！"

冯秘书说："那人也没个固定的地方，不过我留了个心眼，记下了他的手机号。"

第二天，冯秘书找到陆桥，有点吞吞吐吐地说："那人知道了您是市长，提出一个要求，说他要与您下一盘萝卜棋。"

陆桥有些摸不着头脑，问："萝卜棋？怎么个下法？"

冯秘书说："我也不知道呀！"他点开一条短信，短信的内容是："我与常人自然是下一般的棋，但与陆市长对弈，一定要不同凡响才好。我想与陆市长下一盘萝卜棋，不知届时他能否赴约？"后面有约定的时间与地点，时间是七天后，地点是三德村棋亭。

三德村在市里最南边，那里是山区，各方面条件也最差。陆桥看了日程，七天后是周末，自己正好有时间，便对冯秘书说："就按那个高手说的，去看看他葫芦里卖的什么药。"

到了约定的日子，陆桥和冯秘书向三德村赶去。汽车进了山区，道路崎岖难走，车开了一阵，前面一片泥泞，连路都没有了。冯秘书看了导航，还有一里地就到三德村了，于是两人决定步行。

等到了三德村，两人脚上都溅满了泥浆，又走了一段路才看到一个亭子。进去一看，一个人已经摆好棋盘等着了。他一见到陆桥就说："陆市长，一路上辛苦了！"

陆桥一看，这盘棋果然特别。棋盘是一个大瓷盘，上面摆开三十二个大棋子，个个都有胳膊粗，圆圆的，一看就是用萝卜做成的，棋盘上还搁着两双筷子。看来，这就是高手设下的"萝卜棋"！

陆桥选了红色萝卜做的棋子，高手则选了青色萝卜做的棋子。棋局开始，高手用筷子夹起一个棋子，走了一步，陆桥也学着他的样子夹起棋子。两个人各走了几步，陆桥看出，对方棋术的确高深。可是，还没走出十招，高手就用自己的"车"吃了陆桥的"兵"。这是一步臭棋，为了一个小兵而大动干戈，是下棋的大忌。

接下来，高手做了一件出人意料的事，他用筷子夹起"兵"，放进嘴里嚼了起来。那个萝卜棋子，一口咬下去汁水四溢，发出清脆的响声。没走几步，高手用"马"把陆桥的另一个"兵"吃了，他又把棋子放进嘴里大嚼起来。

陆桥见高手嚼棋子，不禁有些好奇，想尝一尝这萝卜棋是什么滋味。这么一想，陆桥就有点不冷静了，一个"隔山炮"把对方的"车"给吃了。陆桥学着对方的样子，夹起棋了，只见这萝卜棋子颜色青翠，一入口，甘爽甜脆，不像蔬菜，倒像是新鲜水灵的水果。

两人只顾吃对方的棋子，棋盘上一片腥风血雨，到最后，陆桥和高手只剩下一个"帅"和一个"将"了。高手笑着说："陆市长，咱都成了光杆司令，不如就和棋了吧！"

陆桥说："那好吧，这么好的萝卜咱可别剩下。"说着，他把自己的"帅"放到嘴里，嚼了起来。

吃完了，陆桥却没急着走，对高手说："说吧，你是谁？"

高手说："陆市长，我叫赵岩，是三德村的村主任，刚才冒犯了。"

陆桥问："你为什么要和我下萝卜棋？"

赵岩说："想必陆市长这一路上也有所经历吧。就是因为这样的路，我有一盘好棋，却马不能跳，车不能行，相飞不起来，炮打不出去，就是小兵小卒，也连'河'都过不了呀！"

陆桥听着像是打哑谜，说："你还是照直说了吧。"

赵岩也不藏着掖着了，就说他是一名退伍军人，想用自己的力量，改变村里贫穷的面貌。三德村的泉水甘甜，种出来的萝卜又脆又甜，可以当水果也可以当菜，赵岩就发动大家种萝卜。没想到，在萝卜丰收的时候，连着下了几场雨，道路泥泞不堪，萝卜运不出去，都烂在了地里……

陆桥回到市里，就开了个会，会上有公路局、财政局的领导，还有很多部门的头头脑脑。会议一开始，陆桥别出心裁地端来几盘萝卜，让大家品尝。

几盘萝卜一会儿工夫就被吃完了，陆桥问："这萝卜好吃吗？"大家都竖起大拇指，说从没吃过这么好的萝卜。陆桥就跟大家讲了三德村的故事，那些领导们听后，也都有了感触，纷纷发言，一定要把三德村那条路修起来……

散会后，冯秘书对陆桥说："陆市长，您为山区做了一件大好事，乡亲们一定会感激您的！"陆桥却说："小冯呀，其实我早就知道，那盘萝卜棋的背后操纵者，就是你。"冯秘书有些尴尬地笑了。

原来，赵岩是冯秘书的同学。冯秘书想帮同学，他想起，赵岩高中时是班里的棋王，就问他现在还下不下象棋。赵岩说，他们村里有下棋的民风，每年还要在"棋亭"里搞一次棋会，他已经在棋会上连续三次夺冠了。于是，冯秘书就想到了摆一盘"萝卜棋"……

通往三德村的道路竣工了。村里搞了一次"萝卜节"，四面八方的人都拥到这里，陆桥也来了。他找到赵岩，说："上回光顾着吃萝卜了，这回咱可得痛痛快快地杀一盘！"

真排场

司健安

　　在中原农村，夸男孩子英俊，一般都说"排场"。甄家岗有个人叫甄排场，名如其人，浓眉大眼，相貌堂堂。他大学毕业后留在了省城工作，如今又当了区长，成了全村人的脸面。你说排场不排场？

　　偏偏有人不服他。谁呢？甄排场的初中同学，同村的贾仁义。贾仁义初中没读完就出去打工，后来回家乡组建了施工队，渐渐发展成了说大不大、说小不小的建筑公司。前几年他儿子结婚，他把酒席规格定得老高，就是想显摆。乡亲们虽然看不惯，可不少人在贾仁义的公司干活，也就不敢吭声了。

那时候，贾仁义还特意请了甄排场来喝喜酒。喜宴那天，甄排场按时赶回了村里。他知道老家的规矩，一进喜宴厅大门就直奔礼金台。给了红包、道了贺，甄排场打招呼说还有别的工作，就先走了。等他离开后，众人就一股脑儿地凑到礼金台上去。干啥？看看区长给的红包里到底塞了多少钱呗！

有手快的，拿过红包就拆开瞧，这一瞧，愣了——里头有整有零，一百九十八！这让大伙儿有点意外。甄区长只随了这个数，其他人要是多给了，不是压了区长一头吗？于是，便瞧见好几个乡亲掏着口袋走到一边，转过身，悄悄地从红包里抽掉了几张钞票……

事后，贾仁义一数红包钱，气得不行，别说回本了，连烟酒钱都抵不了。他心里暗骂：甄排场，你行啊，当了大官，倒在我这儿抠抠搜搜的，存心跟我过不去！得，以后别怪我也要你好看！

没几年，贾仁义"报复"的机会还真来了：甄排场的老爹去世，他要回来办丧事。甄老爷子八十多岁了，无疾而终，是喜丧。在当地有个老规矩：对喜丧出殡的队伍，可以在路上设障拦截，意思是乡亲们不舍得老人离开，叫"拦丧"。一般情况下，大多是在路口横一条板凳，放上两盒烟。送殡的孝子见了，就会也往凳上放两盒烟"意思一下"。有大方一些的，会多放几盒烟，或者外加两瓶酒。

近两年，这事就有点跑偏了：有人借机在凳上放整条整条的烟，孝子呢，就只能加倍地还人情。

贾仁义就打算用这个法子给甄排场下套！他买了好烟、好酒各一打，让人摆在甄排场送殡的必经之路，叮嘱说，甄排场没有三倍五倍地加烟酒，就绝对不能放他过去。而他若是真拿出了烟酒，就要拍视频当证据——区长大人在父亲的丧礼上一下子拿出那么多高档烟酒，能没问题？闲话就够他喝一壶！

哪想到甄老爷子出殡那天，手下来汇报："老大，甄排场不走寻常路啊！他带着家里人，抱着骨灰盒走小路去了后山。听说是遵照老爷子的遗嘱，要树葬！"

原来，甄老爷子生前曾经是村小学的老师，一辈子和孩子们在一起。他说了，自己走后，也要留在山上看着孩子们长大成人。甄排场今天送父亲出殡走的那条小路，就是当年老爷子每天去学校要走的山路，他走了几十年呢！

贾仁义一听这话，才不管三七二十一，开车拉着几个手下就赶去了后山，要重新拦截。等他们在上山的路口刚安排好，甄排场一行人就到了。送殡的队伍，被迫在路口停了下来。

看热闹的老老少少，围了好几层，有说"这点东西可为难不了甄区长"的，也有替甄排场捏了一把汗的，还有贾仁义的那几个手下，躲在人群里不停地起哄。

送殡队伍中的几个孩子，见了这阵仗有点被吓到，两个年纪小点儿的甚至开始哭闹起来，现场一时气氛尴尬。这正中贾仁义心意，他就等着看甄排场出洋相呢，可甄排场既没有带队硬闯，也没有往板凳上放烟酒的意思。他走到哭闹的孩子跟前，凑近他们说了几句话，孩子们很快就止住了哭声。然后，他又跟队伍中的几个年轻人交代了几句。接着，就听送殡的人们齐声念道："一粥一饭，当思来处不易；半丝半缕，恒念物力维艰……"

"这是在干啥？"贾仁义站得远，听不清。没想到旁边看热闹的人群中也有不少人跟着念起来："勿营华屋，勿谋良田。三姑六婆，实淫盗之媒……"这下，贾仁义听清了，他们是在背书，背的是《朱子家训》！贾仁义念书不多，但这段书他多少有点印象。

当年，贾仁义上村小学时，甄老爷子就教过他《朱子家训》。那天，甄老爷子考他"三姑六婆"的意思，贾仁义信口胡诌，说是"三个姑姑，六个老婆"，惹得全班哄堂大笑。甄老爷子耐心地跟他解释："三姑指的是，尼姑、道姑、卦姑……"

贾仁义不耐烦了，说这些真没意思，根本记不住。甄老爷子听了，眨眨眼，冲他笑道："贾仁义，听好喽！尼姑道姑都是姑，大姑二姑本事大，还有个三姑会算卦……"向来严肃的甄老师，竟然会编顺口溜，贾仁义觉得挺新鲜。甄老爷子还教他，以后难背的课文都可以用顺口溜的方式帮助记忆。念着顺口溜，有些事说不定就能记一辈子呢！

想起甄老爷子那时候冲自己眨眼笑的模样，贾仁义心里抽了一下：他是想跟甄排场较劲，但拦了甄老爷子的路，真的像话吗？

"仁义！"这时候，一身素服的甄排场从送殡队伍里走了过来，"谢谢你今天来给我爹送行。老爷子说了，他走时，不爱让大家哭，他就愿意跟以前那样，听听大家的背书声就知足了！至于那些烟酒，你还是拿回去……"

贾仁义瞪大了眼睛："你怎么知道是我……"甄排场指指那几个带头拦丧的小伙儿："我知道他们几个都在你那儿打工，家里也都不富裕，哪能拿得出这些？仁义，你对老爷子的心意我领了，只是村里这规矩，得改改，你看今天……"

贾仁义没说话，使了个眼色，拦丧的那几个人就收拾东西，退到了一边。甄排场拍了拍贾仁义的肩，又回到了送殡队伍里。琅琅书声中，队伍继续朝山上行进。

贾仁义准备打道回府，心里却还别扭：看在甄老爷子的面子上让了道，可甄排场害我喜宴赔钱，这账还得找机会算！

话说这机会来得还真快！回去的路上，贾仁义发现村口去甄家祭奠的车辆一辆接着一辆，还有不少是好车。他一琢磨，立刻掏出手机把那些车辆都拍了下来。他想：这么多人来悼念，总得给礼金吧？给区长家送的礼金还能少？到时候，我就不信抓不到你甄排场的小辫子……天快黑时，贾仁义没想到甄排场给他打来了电话，让他去一趟村委会，说有事商量。贾仁义放下手机，暗自思忖：偷拍照片的事，他知道了？怎么，是要和村里的干部一起施压，堵我的口不成？

哪想见面后，甄排场当着村主任的面，交给贾仁义一个大信封："仁义，这是今天收到的全部礼金，来自老爷子的学生、故交以及家里的亲戚朋友。按照老爷子的遗愿，请你用这笔钱修缮村里的小学。名单都在这儿，到时做一面爱心墙，把明细都记上，也算给大伙儿一个交代。如果钱不够，麻烦你先施工，我一定想办法补……"

见贾仁义愣是没回应，村主任劝道："你呀，是不是还在气甄区长那天的红包给小了？其实他是替你、也是替乡亲们解了围呀！"村主任说，贾仁义把喜宴规格定得那么高，乡亲们私下可没少怨他。村里人家不宽裕，要不是甄区长带头给了小红包，大伙儿碍于脸面都得硬着头皮掏钱……

村主任后面的话，贾仁义都没听清，他只觉得手里的东西真烫手，烫得他老脸都跟着红了……

不久，村小学翻修一新。同时，村子里的孩子们也开始传唱起一首童谣："甄排场，真排场，学校修得明又亮，新买的课桌宽又大，校园里的小树一行行……"

据说，编这首童谣的，竟然是初中都没有毕业的贾仁义呢！

一桌都不能少

陈效平

周强是个县长，再过一个月，他的父亲周德才就要过八十大寿了，按理说这是桩大喜事，可周强却忧心如焚。为啥呢？事情还得从周强老家高塘村的风俗说起。高塘村有个不成文的规矩，老人过八十大寿，必须摆足八十桌酒席，据说这样能积聚福气、延年益寿。周德才很看重自己的八十大寿，为此他早就攒下了一笔存款，打算在生日那天风风光光摆上八十桌酒席。

这事原本无可厚非，但周强是县长呀，他就怕别人以替父亲祝寿为名，变相给自己行贿。因为按高塘村的风俗，参加寿宴的人都得送礼，无论礼物多少，老寿星都要收下。

为了这事儿，周强特地回了一趟老家，想劝父亲节俭办宴，却被父亲一口拒绝："八十大寿必须办八十桌寿宴，这是咱村的老规矩，难道你不懂吗？"

周强晓得父亲脾气倔，于是换了个角度劝道："那么，咱们只宴请，不收礼，行不行？"

周德才把头摇得像拨浪鼓："不行！那是人家送来的福气，我怎么能推出去呢？"

父亲油盐不进，周强一筹莫展。就在这当儿，门外传来一个洪亮的声音："老爷子在不？"

周强开门一看，来人是同村的吴勇，他是周强的小学同学，因为脑子特别机灵，小时候就有"智多星"的外号。吴勇这是来告诉周德才，办喜宴要用的八十套桌凳，他已经帮老爷子订好了。

周强一听，眉头皱得更紧了，他把吴勇拉到门外，告诉了他自己回来的意图，然后愁眉苦脸地说："老同学，你可得帮我支支招，劝劝老爷子！"

吴勇摸着下巴说："你老爷子那牛脾气，明着劝肯定不行……要不，你先回去，让我想个好办法，慢慢做老爷子的思想工作。"

周强双手抱拳："智多星，这事可就拜托你啦！"

回到县城，周强隔三岔五就给吴勇打电话，问他有没有想出高招。吴勇笑道："你也太心急了，总得给点时间吧！"

半个月后，吴勇给周强打来了电话，说已经做通了老爷子的思想工作。周强喜出望外，问："这么说，他答应不办了？"

电话那头，吴勇高声大嗓地说："办！八十大寿，咋能不办呢？不仅要办，而且要大操大办，场地我都帮他联系好了！"

周强听后差点吓傻了："吴勇，我叫你做我爸的思想工作，你却怂恿他大操大办……你，你这不是存心帮倒忙吗？"

"哈哈！"吴勇狡黠地笑了两声，"智多星办事，你还不放心吗？你甭多问，到时回来参加寿宴就行，我保证让老爷子开心，让你放心！"说完，他挂了电话。

周强不知吴勇葫芦里卖的是啥药，再打电话过去对方却不接了。周强只好宽慰自己，吴勇说的"大操大办"只是在开玩笑。

转眼到了周德才八十寿宴这天，周强一大早就开车前往高塘村。刚进家门，周强悬着的心立刻落了地——家里不但没摆一桌酒席，连亲戚朋友也不见一个。嘿嘿，这智多星真牛，原来是想给我一个惊喜呀！得，先给他打个电话感谢一下。

谁知，拨通电话后，吴勇兴冲冲地告诉周强："寿宴已经摆在乡中心小学，八十桌，一桌都没少！"

听了这话，周强顿觉天旋地转，他做梦也没料到，这八十桌酒席竟摆到了乡中心小学！这天还不是周末，在学校里办酒席，这不是严重干扰教学秩序吗？

周强又气又急，火急火燎地赶往乡中心小学。可是，周强走进校园后发现，情况和自己想的完全不同，他既没有闻到扑鼻的酒香，也没有听见吆五喝六的猜拳声，甚至压根没看见一个赴宴的贺客。

会不会是自己听错了，酒席不是摆在这里？周强心中起疑，便向一个学生打听："今天有没有一个老爷爷在你们学校摆寿宴？"

学生点了点头，说："有的。"

周强心里"咯噔"一下，继续追问："寿宴摆在哪里呀？"

学生朝不远处的一座平房一指："喏，就在那儿。"周强立刻朝平房跑去。

房间里面果然摆着四桌丰盛的菜肴，每张餐桌旁都围着十个小学生，他们手捧饭碗，正吃得津津有味。周德才笑眯眯地在四张餐桌间走来走去，时不时向孩子们询问："这鱼好吃吗？这肉嫩不嫩？这菜香不香？"孩子们喊喊喳喳，争先恐后地说："好吃，太好吃了！"

见此光景，周强傻了眼，愣愣地杵在那儿。周德才抬头瞧见儿子，笑着招呼道："你还没吃饭吧？快来，这儿还有个空位子。"说着，他朝身旁指了指。

周强看看正大快朵颐的孩子们，又瞅瞅父亲，困惑地问："这，这就是您的寿宴吗？"周德才点了点头。

"吴勇不是说，八十桌，一桌都不少吗？"周强继续问。

周德才笑着说："是呀，吴勇都帮我安排好了，八十桌，一桌都不少！"

"可是，另外七十六桌在哪里呢？"周强越来越糊涂了。

周德才说："另外七十六桌呀，分十九天摆完。"

"什么？"周强吃惊地张大了嘴，"难道，接下来参加寿宴的，也是这些孩子？"

周德才点了点头："对，今天摆的是第一批……"

周强猛然醒悟，竖起大拇指赞道："爸，您这八十岁大寿，过得太有意义啦！"这时，他突然想到了一个问题，便对父亲说："可按村里的规矩，参加寿宴的人都得送礼，孩子们根本送不起，这可咋办呢？"

周德才说："谁说送不起？他们个个都送了珍贵的贺礼！"说着，他朝旁边一指："喏，礼物都在那儿呢！"

周强扭头一看，见墙上挂着一幅松鹤图，画的空白处写着许多字体各异的"寿"字。

周德才说："画是孩子们画的，那八十个'寿'字也是他们写的，这是最好的贺礼啊！"

就在这时，吴勇进来了，周强一把拉住他，好奇地问："智多星，你用啥妙计做通了我老爸的思想工作？"

吴勇笑着说："其实，我没做你老爸的思想工作，主意是他自己拿的。"接着，吴勇讲述了事情的原委。

周德才家场地有限，满打满算只能摆下二十桌酒席，其余六十桌只能分批摆到邻居家。吴勇告诉周德才，自己跟乡中心小学的校长关系铁，学校地方大，可以同时容纳八十桌酒席。周德才非常高兴，决定把寿宴摆到乡中心小学去。

那天，为了安排好寿宴，吴勇陪着周德才来乡中心小学实地查看。当时正值中午，赶上学生们吃午饭，周德才发现，学生们吃的饭菜都是从家里带来的，有些饭菜已经馊了。周德才看了很心疼，忙问孩子们为啥吃变质的饭菜，吴勇告诉他，那些孩子住得远，要跋涉几十里山路才能赶到学校，这阵子天气热，带来的饭菜都被闷坏了。周德才又问学校干吗不开个食堂，吴勇说校长早有这个打算，但苦于经费不足，食堂迟迟开不起来。周德才听后沉默了，半晌才开口道："当年，周强也是从这所学校毕业的啊！"

吴勇见时机正好，趁机提出了办寿宴的"新方案"，周德才连连称好，拍着吴勇的肩膀说："小吴啊，我的寿宴就按你说的这么办！"

听完这番讲述，周强握住吴勇的手，激动地说："老同学，真不愧是智多星，太谢谢你了！"

天降红颜

张玉平

　　赵明杰是区文旅局局长。这天，他下班回到家，把手机往桌上一扔，就去浴室洗澡。刚好这时，一个微信电话打了进来，赵明杰让妻子帮忙接一下，说自己过会儿给对方回电。

　　于是，妻子接通了微信电话："喂，你好，老赵他说……"不料，话还没说完，对方就"啪嗒"一下挂断了。妻子看了眼手机，却不小心瞄到了这个微信号发过来的信息，顿时脸色大变。

　　赵明杰洗好澡出来，一眼就看见妻子坐在沙发上，眼里有愠怒，还有悲伤。他连忙上前问："怎么了？"

妻子指着手机问道："周莹莹是谁？"

"周莹莹……"赵明杰一拍脑门，心道：哎呦不好，这一忙居然把她给忘了。

原来，今天白天，他突然收到"支付宝到账 52000 元"的消息，同时微信还收到一条添加好友的消息，备注是：赵大哥，还记得 4 月 3 日这个纪念日吗？我是周莹莹。赵明杰压根想不起对方是谁，由于当时急着要开会，就通过了对方的添加好友请求，然后把手机调成了飞行模式，直到刚刚洗澡前才想起来将手机恢复成正常状态。

赵明杰试探地问妻子："刚才的电话是她打来的？她说什么了？"

"哼！"妻子没好气地说，"我这个正室还在呢，她一个小三能和我说什么？我一接电话，她就挂了。"

赵明杰连忙解释道："瞎说啥呢，啥小三，我都不认识她。"

"不认识她，你们还能有纪念日？她能给你转账？转账也就罢了，居然还是 52000 元！当我不懂这数字的含义？"妻子冷着脸，把手机递过去，"你要撒谎，也得先把聊天记录删了吧。"

赵明杰忙打开微信，发现周莹莹发来的信息不多，才四句话，却句句要命："赵大哥，我是当年那个在黄浦江畔的周莹莹呀。五年了，我始终没有忘记4月3号这个特殊的纪念日，不知你是否还记得？刚在支付宝上转了账，赵大哥记得查收哦。赵大哥，你已经当上局长了，可不要忘了我哦。"

赵明杰不禁有些生气，这不是无中生有吗？他马上回拨了一个微信电话，却无人接听。他又连发好几条微信询问，还是没有回应。这下，赵明杰慌了，忙向妻子解释："我发誓，我真的不认识这个周莹莹。"

妻子板着脸说："她叫你赵大哥，还知道你当局长了，可见你这位红颜知己对你关心得很呢。"

赵明杰觉得头都大了："老婆，你要这么说，我可真是跳进黄浦江都洗不清了呀。哎，等等……"说到这里，赵明杰脑海里似乎闪过什么，忽然哈哈大笑道："我知道周莹莹是谁了。走，我带你去证实一下。"说着，他就拉着妻子出了门。

不一会儿，两人来到了赵明杰的老同学——公安局局长老潘的家中。赵明杰掏出手机递给老潘，把周莹莹的事一五一十地说了一遍。

老潘盯着周莹莹的信息，沉吟道："老赵，你确定这姑娘就是五年前我们在黄浦江畔遇到的那个？"

赵明杰想了想说："十有八九吧。这不，我来找你这个公安局局长帮忙了嘛。想当年，你也是当事人之一啊。"他又转头对妻子说，"老婆，有老潘做证，事情真不是你想的那样。"

妻子脸一红，说："到底是哪样，先找到当事人再说。我这不是担心你这个大局长犯错嘛。"

老潘也笑了，当下爽快地答应道："行，这事交给我。"

不出两天，老潘就有结果了。那天，他约了周莹莹和赵明杰一起喝茶。三人一见面，事情总算水落石出。

原来，五年前的一个夜晚，赵明杰和老潘一起在黄浦江边散步，忽然发现江边有个姑娘正攀爬过栏杆，看样子是想跳江。两人连忙上前将姑娘拉了回来。经询问得知，姑娘为见男网友，只身来到上海，却被骗光了钱，心灰意冷之下想结束自己年轻的生命。赵明杰和老潘苦口婆心的劝说，才让姑娘重燃了活下去的希望。两人又把姑娘送到了长途车站，给她买好了车票。

临别时，赵明杰掏出身上仅有的 520 元钱，塞给姑娘。姑娘感慨万分，向两人承诺，今后一定会好好生活，如有机会，必当百倍回报。

那个姑娘就是周莹莹。如今她再次来到上海，瞄准了上海一个渔村的商业发展前景。

赵明杰拿出准备好的 52000 元钱递给周莹莹说："我原本想支付宝原路退款给你的，却总提示操作错误，就索性取出来还给你吧。"

周莹莹摇摇头，把钱又推给了赵明杰，说："五年前，你给了我 520 元钱。当时我就说了，必当百倍回报，我要兑现承诺。"

赵明杰再次把钱推了回去，意味深长地说："就算你要还，还我 520 元就够了。何况，你给我转账，当真没有其他用意吗？"

周莹莹一愣，支支吾吾地说："我……我在渔村投资了一个民宿。打听到你是文旅局局长，就想……让你给我行个方便。"

"根本不需要。"赵明杰说，"你来我们这里投资民宿，我们热烈欢迎。只要你遵纪守法，本本分分做生意，就算你是我仇人，我也不会为难你；反之，就算你是我女儿，我也不会讲半点情面。"

"这……"周莹莹红着脸，半天说不出话来。

老潘顺势打起了圆场，把钱往周莹莹手里一塞，举起茶杯说道："相识就是缘分。来，来，来，我们一起喝茶。这事儿就到此为止，这才是最好的结果。"

周莹莹也想明白了，她举起茶杯说："这事是我做得不对，我以茶代酒，向赵大哥赔罪。我会记住今天这个日子，一个新的纪念日。"

"又是纪念日？"赵明杰和老潘异口同声道。

"对呀。"周莹莹解释道，"五年前的 4 月 3 日，你们拯救了我的生命，是我要记住的第一个纪念日；而今天，你们又拯救了我的思想，我更要铭记心头啊。"

撞死了一只羊

乔 迁

刘子良是新上任的县委书记，这天他来到全县最贫困的石碰子乡进行调研。此地自然条件差，资源稀缺，脱贫是件难事。

乡党委书记林大海做完汇报，已临近中午，林大海说乡里没饭店，只好请刘书记在乡政府食堂吃。刘子良点点头，林大海又笑着说："刘书记来，给乡干部们带来了口福，有羊肉吃了。"林大海的声音粗哑，说话嗡嗡的，此时他的大嗓门里透出一丝喜悦。

刘子良皱了一下眉头，口气有些不悦地说："我来，全乡干部都陪着吃羊肉吗？咱们乡不是很困难吗？"

林大海一怔，憨笑了一声说："刘书记误会了，不是你来才特意杀只羊的，是今天早上我从村里急着回乡里，路上撞死的……"

刘子良心里一声冷笑，挥了挥手，面无表情地说："哦，那你们吃吧，我得赶回县里，中午还有客人。"说完，刘子良又瞥了一眼林大海，心里一声长叹，这个表面看起来憨厚耿直的乡党委书记，没想到心思居然那么狡诈。还撞死了一只羊，如此的说辞也站得住脚？谁家的羊会那么想不开，往你车轱辘下面钻？

林大海慌了，想阻拦刘子良又不敢，脸憨得黑红，说："刘书记，羊真是撞死的，你就吃了再走吧！"

刘子良摆了摆手，阴沉着脸走出门。坐上车，他对有些目瞪口呆的司机小陈说了一句："回县里。"

小陈看了一眼刘子良，赶紧发动车，驶出了乡政府。乡里通往县城的路崎岖颠簸，除了刘子良的车外，没有别的车，可见这里穷乡僻壤，鲜有人来。刘子良不吱声，小陈自然不敢问，只好小心驾驶前行。跑出五六里路，前方路边突然冒出一只羊，在路上悠闲地走着。路旁不远处的草地上还有一群羊在啃草，放羊人悠闲地挥着羊鞭，有一下没一下地抽打

50

着草地。小陈按了几声喇叭，路上的羊竟然像听不见似的，依旧在路中间闲庭信步。小陈只好放慢车速，忍不住骂了一句："就该像林书记那样把它撞死！"

刘子良听了一惊，忙问小陈："你说什么？"

小陈说："我听乡里的司机说，他和林书记是早上从乡里最偏远的村赶回来的，路上也突然蹿出这么一只羊，他们的车开得急，等发现羊时想刹也刹不住了，结果把羊撞死了。林书记自己掏钱把羊买下来，说正愁中午没啥招待书记呢，正好也给乡干部们改善改善伙食，大家好久都没看到荤腥了。"

刘子良声音微颤地说："是吗？"

小陈说："其实乡干部们也吃不着几口肉的，那么多人，就一只羊，也就喝喝羊汤。"

刘子良透过车窗看了看路边的放羊人，突然伸手拍了一下小陈的肩膀，指着路上那只羊说："撞过去！"小陈惊诧地看着刘子良："什么？刘书记……"

刘子良不容置疑地说道："撞过去！"小陈重重踩了一脚油门。

路边的放羊人见状，立刻跑了过来。刘子良打开车门下车，放羊人刚跑到刘子良跟前，刘子良就冲他叫了一声："表弟！"

放羊人一下子愣住了，随即惊喜地叫道："表哥，是你啊！听说你调到县里当书记了，想去看你又不敢，怕人家说我求你办事，对你有影响……正好，走，中午炸羊吃！"

　　刘子良说："羊是得炸，但不跟你吃了，我带走。过两天我再来，把买羊钱给你拿来。"

　　刘子良和小陈返回了乡政府。林大海看小陈从后备厢里拽出一只死羊来，转头怔怔地望着刘子良。

　　刘子良笑说："真是撞死的。抓紧让人收拾了炸上，好饭不怕晚，召集乡里干部一起吃羊肉！"

　　霎时，林大海热泪盈眶。

不让你的阴谋得逞

白　琅

富有是本市地税局的局长，这天，他掏出手机一看时间，马上就下班了，赶紧将手机关机。富有之所以这样做，是因为当上局长后，每天请他吃饭的人实在太多了！他就养成了个习惯——过了吃饭时间再开机。

突然，一阵手机铃声响了起来，那是富有的第二部手机。这个手机号码是绝密的，只有三个人知道，父亲母亲，还有大哥林二木。

富有赶紧按下接听键，只听林二木说道："哥哥今天挣到大钱啦,想请小弟去万豪酒店吃顿大餐！"富有赶忙答应："我马上过去！"

　　说起这个林二木，跟富有颇有一段渊源。他俩小时候，一同住在山沟沟里。上小学时，富有患了一种怪病，两条腿不能打弯走路，不能翻山越岭，而他们居住的山沟沟，要翻越五道岭，才能到学校。让人想不到的是，林二木竟然以超人的毅力，每天背着富有爬山越岭去上学，从小学一直背到中学。直到快要考高中时，突然有一天，富有的两条腿奇迹般地能弯了，他才离开了林二木的脊背。让人欣慰的是，富有和林二木双双考上了大学。大学毕业后，富有当上了公务员，而从小就想当侦探的林二木，开了一家私人侦探所。知恩图报的富有，自然就把林二木称为大哥了。

　　富有来到酒店包房里，笑着问道："大哥，你是怎么挣到大钱的？"林二木压低声音说："有个开发商找到我，要我秘密监视一个当官的，把他那些违法乱纪的事儿给拍下来。这个当官的，纯是毛驴啃炕沿——百病都犯，贪污受贿不说，还有情妇。我把这些拍下来后，交给开发商，开发商一下子给了我5万块钱！"

　　两人点了菜之后，林二木问富有："当局长的感觉怎么样？"富有苦苦一笑，说："感觉像贼！"林二木一愣，问："什么？像贼？"富有叹了口气，诉苦道："别的不说，就说吃饭吧，每天一堆人要请你吃饭，逮着你就不松手，可是世上哪有免费的午餐啊？没办法，只能东躲西藏，你说，这是不是跟贼差不多？不当官不知当官难啊，特别是想当个好官，就难上加难了。"两人边吃边聊，林二木很高兴，说："背着你爬山越岭八年，我没有背错，值了！"

两人吃完饭，来到收银台，富有不肯让林二木买单，两人正拉扯着，几个人走了过来。其中一个男人认识富有，他对富有说："今天这单我买了！"林二木要拒绝，哪知富有竟推着他向外走去，边走还边说："不买白不买！"

没过几天，又是下班时间，富有的"绝密手机"又响了，又是林二木打来的，他在电话那边爽朗地笑着："大哥又赚到钱了，比上次多好几倍！咱们还去万豪酒店！"

富有来到酒店，林二木告诉他："今天有两个人找到我，一个出 10 万，另一个出 20 万，都是让我拍当官的做坏事儿的。我万万没想到，他俩要我拍的，竟然是同一个局长！"富有一愣，问："什么局长？"林二木直直地看着富有的眼睛，说："地税局局长！"富有大吃一惊："怎么会是我？"

林二木掏出手机，打开照片，说："我偷拍了那两人的照片，你看看，认不认识？"富有仔细看了一番，可这两人他压根就不认识！

富有怔怔地看着林二木，说："我一心一意为老百姓做事，从不越雷池半步，可为啥有人想害我，而且一来就是两个？我真想辞职不干了……"林二木不高兴了，说："我要早知道你是个软蛋，那时候就不该豁出命去，整天整年地背你去上学！"富有的脸"腾"地红了，说："你是我大哥，我发发牢骚还不行吗？我又不是真要辞职。"

林二木一字一句地说："一定要牢记这两句话——身正不怕影斜，脚正不怕鞋歪。把想害你的人当成一面镜子，每天都照照，就能保证自己一尘不染！"

转眼过了大半年，这天，林二木去医院办事，看到那里围了许多记者，就打听道："出啥事了？"

有个人告诉他："地税局的富局长出事了！他去乡下检查工作时，赶上警察追赶一个劫车潜逃的杀人犯，当时正值学生放学，那个杀人犯竟开车向学生们冲去。富局长为了保护学生，用自己的车撞向了杀人犯的车，学生们没事，富局长却身负重伤，正在抢救呢！"林二木脑子里"轰"的一声，他拔腿就往医院里冲去。

林二木疯一般冲进医院，正碰上满身是血的富有被推往手术室，林二木奔过去，一把抓住富有的手，说："大哥来看你了！"

一个护士想把林二木推走,富有却微微睁开眼睛,轻声说:"大哥,我马上要上手术台了,不知道能不能下来……快告诉我,现在还有没有人想偷拍我?"

林二木的眼泪"哗哗"流了出来,哽咽道:"从一开始到现在,根本就没有啊!"富有看着林二木,问:"大哥,你为什么要骗我啊?"

林二木泣不成声,说:"大哥不是恶意啊!咱们有次去万豪酒店吃饭,你让一个人给买了单。我怕你养成让别人买单的坏习惯,就雇了那两个人……我是不想让你变成贪官啊!"

富有轻轻地笑了,说:"原来是大哥想'害'我啊!请大哥放心,今天我要是能活着下手术台,从今往后,我肯定不会让大哥'害'我的阴谋得逞!其实大哥不知道,那个人是我大学室友,我给他买过四次单,他给我买一次单还不行吗?"

林二木泪流满面,"扑通"一声跪下了……

真龙脊

大刀红

　　最近，县长向阳君有一件烦心事——县里的征迁工作遇到一个钉子户。钉子户名叫柳秋风，他一口咬定不搬家，死也要住在真龙脊。向阳君决定亲自出马，去柳秋风家做工作。

　　在路上，陪同的曲乡长介绍道："柳秋风这个人，天灾人祸，一生都在为住房苦恼，先后搬了四次家，好不容易才停当下来。这次再让他搬家，他心存怨恨，怎么都不愿意。"

　　这话激发了向阳君的兴趣，他问曲乡长："你讲讲，他到底经历了什么天灾人祸？"

　　曲乡长说："那好，就从柳秋风的名字说起。"

柳秋风是 20 世纪 60 年代出生的。他出生那一天，已经连续下了十三天雨，但他家的茅草屋坐落在河旁地势较高的地方，所以大家也没在意。不料就在他呱呱坠地的时候，河水暴涨，一下子就涌到他家门口。柳秋风的父亲马上背起妻儿，在众人的帮助下，向高处转移。走到高处，便见洪水排山倒海般将他家的茅草屋冲走了……

在村里的帮助下，柳秋风一家住进了村集体的一座空闲茅草屋里。母亲对父亲说："你给娃儿取个名字吧。"

柳秋风的父亲有些文化，望着茅草屋，想起杜甫的《茅屋为秋风所破歌》，心里一片伤感，说："就取名叫柳秋风吧。"

柳秋风一家在茅草屋里一住就是六年。那天，六岁的柳秋风在茅草屋边的丘陵上放羊，天空突然乌云密布，远处的湖泊上空，乌云下生出了一条"尾巴"。"尾巴"不停旋转，越来越长，逐渐和湖面融为一体，就像在喝水一样。柳秋风惊奇地喊着父亲："爸爸，你快来看，水上天了！"

柳秋风的父亲出门一看，变了脸色，原来是龙卷风。他忙敲着脸盆叫道："龙卷风来了，大家快去坑洞子避风！"

附近有个山洞，村民习惯叫坑洞子。在柳秋风父亲的提醒下，村民们安全转移。当大家从坑洞子里出来，柳秋风的父亲却傻了眼。原来，其他房子都受损不大，唯有他家的茅草屋被席卷一空。

这下，又什么都没有了。不过，村民们感谢柳秋风父亲的提醒，帮助他家在坑洞子里盖了间茅草屋。后来，柳秋风的父母因为长期居住在山洞里，得了风湿病，不能劳动。虽然柳秋风长大后在外面打工赚钱，可一直凑不齐建新房的钱。

直到 20 世纪 90 年代，国家出台"消灭茅草屋"的政策，村里就让柳秋风家自己选址，给予补贴建瓦房。柳秋风一直认为他家这些年遭遇天灾，跟房址有关，就请了本县一个有名的风水先生选址。风水先生将房址选在真龙脊，他对柳秋风说："此地叫真龙脊，有真龙守着，底子硬得很，可保百世昌盛。"

柳秋风信以为真，于是在真龙脊建了三间瓦房。还别说，自从在真龙脊建房，柳家的生活开始顺风顺水。先是一个年轻的姑娘看中了柳秋风这个三十出头的光棍，第二年，便给他生下了儿子柳安居。柳秋风的父母也在真龙脊的房屋里安度晚年，寿终正寝。

向阳君听到这里，点点头说："难怪这柳秋风不肯搬呀！"

两个人聊着聊着，不知不觉已经来到柳秋风的家。曲乡长指着一幢欧式小洋楼，对向阳君介绍说："这就是他的家。"说完，他走过去敲门，敲了半天，也没有动静。于是，曲乡长给村主任打电话，让村主任催柳秋风回家。

趁找人的工夫，向阳君问曲乡长："你不是说三间瓦房吗，怎么变成一幢欧式小洋楼了？"

曲乡长说："您还记不记得我们乡以前那个劳乡长？"

向阳君说："记得呀，我和他同时当的乡长，后来他好像因为贪污受贿，被判了十五年有期徒刑。"

曲乡长点点头，说："这幢小洋楼就是他建的。"

曲乡长说，柳秋风一共搬了四次家，刚才讲了三次，他的故事还没有讲完。

曲乡长告诉向阳君，劳乡长在任时想建一幢别墅，于是请风水先生看址。结果，这个风水先生也把最佳地点定在了真龙脊，劳乡长就让柳秋风搬家，把地皮让给他。

这个时候，柳秋风已经在真龙脊住了二十多年，当然不想搬家，就拒绝了。劳乡长见柳秋风不识抬举，不知从哪里找来一伙混混，把他打了一顿。柳秋风报警，派出所不受理，无奈，只好举家出门打工。见柳秋风走了，劳乡长就将柳家的瓦房推倒，建起这小洋楼。不料小洋楼刚建好不久，劳乡长东窗事发。见劳乡长被抓起来了，柳秋风就回到真龙脊，向有关部门反映情况。有关部门为了化解矛盾，让柳秋风补了些钱，将小洋楼买下来。

两个人正聊着，村主任走了过来，说："向县长，曲乡长，柳秋风的老婆得病，去县医院住院了。"

向阳君和曲乡长商量了一下，说："那就到医院去。"

在医院，向阳君终于见到了柳秋风。面对县长，柳秋风仍是两个字："不搬！"

曲乡长已经做了无数次工作，见柳秋风一副王八吃秤砣——铁了心的样子，忍不住脱口而出："你真以为拿你没有办法了？你那个村，就只有真龙脊下面的地质适合修建高架桥，实在不行，可以去法院申请，进行强拆。"

柳秋风听了这话，身子一颤，说："强拆吧！你们也不是第一次做这种事了。姓劳的做过一次，这次，你姓曲的再做一次吧！"

向阳君听柳秋风这么说，忙在中间调停："柳大伯，这是曲乡长一时的气话。这次搬迁，你有什么具体困难，能和我说说吗？"

柳秋风犹豫片刻，说出了心里话。原来，柳秋风的老婆有心脏病，县医院没有做手术的能力，需要转院，而转院有风险，柳秋风特别担心路上会出意外。这也是他不肯搬离真龙脊的一个原因。他觉得，真龙脊的风水会保佑老婆一切顺利。

向阳君听后点点头，说："我明白了。可是，柳大伯，你想过没有，如果真龙脊的风水真的那么好，它怎么没能保佑劳乡长呢？"停了一下，他接着说，"转院有风险，靠风水解决不了问题。这样吧，如果你信得过我，这事我来想办法。"

柳秋风听后没说话，向阳君看出了他的疑虑，说："我有个同学，是省人民医院心外科方面的专家，我这就给他打电话，请他联系专家来县医院给大妈会诊、做手术，这样就不用转院了……"

向阳君话音未落，柳秋风的眼睛亮了，一下子站起身来……

走出医院，曲乡长对向阳君竖起了大拇指，说："做群众工作，我还得向您学习。"

过了两周，柳秋风给向阳君打来电话，感谢地说："向县长，谢谢您，我老婆手术非常顺利，恢复良好。这次，想再问您一下，如果我们一家搬去县城，那里好上幼儿园吗？"

向阳君听出了话外之音，问："柳大伯，你同意拆迁了？"

柳秋风笑着说："我是从小搬家搬怕了。是这样的，我孙子三岁了，如果我们能在县城落户，在县城上幼儿园，那我就再也没有什么心事了。"

向阳君听罢，立刻说："县城最近有一幢楼房，是专门面向搬迁户出售的，价钱不高，我去帮你问问。"

过了几天，向阳君带着柳秋风一家参观了那幢楼房。向阳君指着不远处说："我们为这个小区配套了幼儿园和中小学，你们一家住在这里，一定会安居乐业的。"

柳秋风连连点头。

两年后，柳秋风带着孙子回真龙脊，去祭奠他的父母。远远地，他们看见，高铁的高架桥在真龙脊拔地而起。

孙子叫道："爷爷，龙，你看龙！"

柳秋风顺着孙子指的方向望去，只见一趟高铁列车风驰电掣般地划过一道弧线，就像一条飞起的巨龙……

修身齐家 代代相传

积善之家，必有余庆；
积不善之家，必有余殃。

区长卸螺帽

张功伟

　　这天上午，柳区长的秘书汇报说，昨晚发布在本地宣传网站上的一条关于"新任区长莅临车间指导调研"的新闻视频，被网友指责内容失实。虽然网友留言没有细说，但谨慎起见，网站负责人暂时关闭了网页评论区，然后请示了上级领导，征求处理意见。

　　柳区长心头一紧，立刻仔细回看了视频——只见自己带着几位干部，查访了辖区内几个生产企业，听取汇报，与线工人合影……调研全程都中规中矩，包括自己心血来潮时，和工人师傅一起拆卸机器的画面也挺真实。虽然当时自己用了"洪荒之力"也没能拆下一枚锈蚀的螺帽，好在工人师傅捧来电动扳手，及时解了围……咦，这视频没毛病啊！

柳区长正疑惑间，手机响了，他看了来电号码，心里"咯噔"一下，是爸。平时，妈倒是会来电嘘寒问暖，但老爷子可不常来电话，莫不是家里出事了？果然，老爷子在电话里言简意赅地说："家里有事，你下班后回来一趟。"柳区长一听，不敢怠慢，下班后赶紧收拾东西准备回去。

这时，秘书问："那视频的事，怎么处理？"柳区长皱了皱眉，说："处理啥？咱自个儿觉得没问题，就不心虚。"说着，他急急地往老家赶去。

柳区长的爸妈都年近七十，住在距城区五十多公里的镇上。老爸柳有福年轻时，在厂里当过车间主任。柳区长从小就领教过爸爸的铁面无私。他第一次参加高考时，只有十六岁，老师们对他寄予厚望，结果他却名落孙山。那时候，他感到丢人，无颜回校见老师，便放弃学业，随老爸进工厂学钳工。原以为在爸这棵大树下好"乘凉"，没承想脏活累活都由他这学徒包干，老爸待他还不如个外人。干了一年多，他实在受不了，果断辞职去复读，终于考取了名牌大学。毕业后考公务员入了仕途，摸爬滚打好些年，刚被委以重任，没想到才露了个脸……

柳区长带着心事赶回家，一进门，就急着问："爸，妈，有啥事啊，是你们身体不舒服？"母亲从厨房探出脑袋，笑着说道："我俩都好着呢，你爸人在后院！"柳区长悬着的心放下了，嘴里却嘀咕："可爸说有事，让我回来……"

"听你爸说，好像是他那台砂轮机坏了，让你回来看看。"

柳区长的老爸退休后，闲着没事，从废品站搞回来一台报废的砂轮机，捣鼓一番后，竟然还能用。平日里，他就免费帮左邻右舍磨菜刀剪子啥的，发挥余热。

"修砂轮机？这……瞎胡闹嘛！我这儿还有事呢，唉……"柳区长把脸一沉，一边咕哝着，一边匆匆地往后院走。

此时，老爸柳有福正端坐在后院一张老式木椅上，拿着手机刷新闻。见柳区长进来，他二话不说，抬手指向墙角的砂轮机，说道："你去把那砂轮先卸下来。"

柳区长皱着眉说："爸，您年纪也不小了，多歇歇才是，砂轮机坏了就坏了，还修啥呀！"

柳有福瞪了儿子一眼："怎么的，我儿子当了区长，就不能给我这老子服务一回？你都上新闻去拆机器了，回家拆个砂轮机，怎么就不行？"说话间，柳有福站起身，从工具箱里拿出一把扳手和一副防护手套，摆到砂轮机旁边。

柳区长听出老爸的话里有话，看来他对昨晚的新闻是"了如指掌"，而且似乎也有所不满。

"爸，您叫我回来，肯定不是为了修砂轮机的吧？您有话直说，我洗耳恭听就是。"

柳有福坐回木椅上："你赶紧把砂轮机卸了，一切自然明了。"

得，老爷子的犟脾气谁拗得过？今天这砂轮机是卸定了！柳区长戴好手套，拿起扳手，左手抓紧砂轮，右手用扳手把螺帽夹紧，他一使劲，嗯——哼！那螺帽居然没有松动分毫。柳区长再用力，那螺帽还是纹丝不动。他想到昨天上午拆卸机器时，也是这个情况，就向老爸要电动扳手。柳有福摇摇头，说："我这儿可没有那玩意儿。"

柳区长嘟囔道："没有电动扳手，怎么卸嘛？"

"我干钳工时，可没有什么电动扳手，也从来没有遇到拆卸不了的螺帽！"柳有福站起来，走到砂轮机边，拿过儿子手里的扳手利索地一拧，螺帽就松动了。柳区长盯着父亲的动作，顿时恍然大悟，原来刚才是自己拧错了方向——这是一颗左旋螺丝！与常见的右旋螺丝不同，左旋螺丝大多用在顺时针向右高速旋转的部位，作用是为了防止机械在运动时，螺帽随惯性松动而脱落。砂轮上的就是左旋螺丝，所以柳区长刚才按照拧松右旋螺丝的方向发力，就越拧越紧了。

70

柳区长心一沉，那天在厂里拆卸机器时，也是类似的情况呀！

见柳区长的眉头也跟螺丝似的拧得越来越紧，柳有福拍了拍他，苦笑道："儿子，你真应了那句顺口溜，'钳工学了一年半，不知道螺丝往哪转。'左旋螺丝右旋螺丝那点讲究，对于干这行的人来说，那就是最基本的常识。新闻旁白里还说，'柳区长出身基层，至今仍能熟练拆卸机器……'真是那样吗？我看你当时愣是在错误的方向上使蛮力，压根连'换个方向'试试的念头都没有，比外行人都不如。学徒那点儿基本功，你是全忘了！你以为看新闻的老百姓看不出门道？还不是有人说了，那新闻夸得失实啊！"

柳区长满脸通红，难为情地点头："想来昨天，厂里的师傅肯定发现我拧的方向不对，但他们没有当场指出来，而是把电动扳手设置为'逆转'，帮我化解尴尬……"

柳有福语重心长地说："儿子，爸没啥文化，今天我让你回来卸螺帽是假，给你提个醒是真，当个好干部，别忘本，别作秀！"

柳区长听了，惭愧地直点头。

断贼根

朱关良

老张当了一辈子工人，含辛茹苦地把儿子培养成才，帮衬着他成家立业。按说该过点好日子了吧，但老张勤俭节约惯了，恨不得把一分钱掰成两半花。

儿子张阳看不下去，对他说道："老爸，以后你吃的用的我包了，退休金你自己攒着。"

张阳不顾老张反对，之后的日子，经常大包小包地往父亲家送东西，鸡鸭鱼肉米面粮油一应俱全，把老张的冰箱塞得满满的。老张心疼得直哆嗦，干脆把家门换了锁，偷着跑到参场打工去了。

张阳好不容易打通了父亲的电话，老张倔强地说："你别找我了，天天流水似的往我身上搭钱，你老婆孩子不用养呀？"

张阳停顿了一会儿，忽然笑了："真是有福不会享，忘了你儿子现在啥位置了？集团物资科科长！弄点吃的喝的还用花钱？"

"啥？这些东西都是你从单位偷的？"

"说得这么难听，仨瓜俩枣还叫偷？你就别管了，赶紧回来，你孙子都想你了。"

挂断电话，老张立刻和参场老板辞职，工钱都没要，火烧火燎地赶到了儿子单位。张阳见父亲来了很惊讶，但工作太多，便急匆匆地说道："爸，我今天特别忙，你先回家，等我下班了去看你。"

老张低声说道："儿子，爸就一句话，你以后千万别占单位便宜了，这就是偷呀！"

张阳瞥了一眼老张，有些不耐烦："行行行知道了，您真是小题大做，自己以前天天往小饭店送煤时咋不说呢？"

老张被噎得哑口无言，只好失魂落魄地离开了，脑子里浮现出一幕幕往事。

张阳七岁那年就没了娘，老张在矿上看管煤场，工资不高，勉强够爷俩糊口。

那时煤矿效益不稳定，经常压工资，最长的时候压了八九个月，老张被逼得走投无路，打起了歪主意，把视线放在了煤场上面。他每天偷偷装两编织袋煤块，晚上用自行车驮着送到饭店卖掉，这样每个月大约有两百多块钱的进项，支撑着爷俩活下来。

有道是久行夜路必撞鬼，有天晚上，老张照例将煤块送到一家饭店时，忽然从饭店走出一个浑身酒气的人，大着舌头道："好你个老张，居然监守自盗，偷煤出来卖！"

老张吓了一跳，定睛一看，正是顶头上司、运销科科长雷大嘴儿，他立刻赔着笑脸道："雷科长，八九个月没开工资了，我也是实在没办法，请您高抬贵手，饶我这一回吧。"

雷科长眯着眼道："我也不难为你，进去把我们那桌账结了，这事儿就过去了！"

老张只好乖乖地进了饭店，一看菜单傻眼了——他们居然吃了两百多块钱！老张带着哭腔哀求道："雷科长，不是我不懂事，实在是拿不出这么多钱呀。"

雷科长闻言，扭脸冲包间里喊道："肖科长，抓到个偷煤的，你出来处理一下！"

矿公安科肖科长晃晃荡荡地走出来，呵斥道："靠墙蹲着，等吃完饭再收拾你这个蛀虫！"

老张来了倔脾气："我们矿工都活不下去了，你们却整天胡吃海喝，一顿饭钱顶我们一个月的工资。到底谁是蛀虫？"

肖科长顿时炸了毛，掏出手铐将老张铐上，推推搡搡地把他弄到公安科禁闭室关了起来，自己又回饭店喝酒去了。

第二天，矿上贴出告示，通报批评了老张的盗窃行为，罚了他两百块钱，又让老张在广播站读了忏悔书，这才把他放出来；煤场也不让他看了，而是发配到职工浴池打扫卫生。

其实，当时在矿区偷煤是很普遍的事，但这么一弄，大伙儿全知道了，搞得老张好几年抬不起头来，连带着儿子张阳也跟着受同学奚落。

这段灰色的回忆令老张每次回想起来，心里都酸痛不已，正在伤神时，他的手机响了起来。一看来电显示，他顿时眉开眼笑地接起电话，慈祥地说道："乖孙子，想爷爷了吗？"

当天晚上，张阳回家时，发现父亲正陪着儿子玩遥控汽车，顿时不高兴了，严厉地训斥道："不是说好你期中考试进前三名才给你买遥控汽车吗？怎么能让爷爷花钱呢！"

孩子笑嘻嘻地说道："爸爸，这个遥控汽车没花爷爷的钱。我不是学习委员嘛，有的同学没完成作业，就给我十块二十块的，让我别去报告老师。这钱都是我这么攒下来的。"

张阳劈手给了孩子一个耳光："这都谁教你的？小小年纪就琢磨这些歪门邪道！"

没等孩子哭出声来，老张就冲上来对着张阳拳打脚踢："谁教的？上梁不正下梁歪，还不是跟你学的！你往我那儿送的东西，不也是利用职务之便搞来的吗？"

张阳护着脸，气急败坏又有些无奈地说道："爸，那些东西都是我买的，怕你心疼钱才撒谎说是从单位拿的！我们物资科管的是建材，哪有鸡鸭鱼肉呀？我寻思你爱占小便宜才那么说的。"

"放屁！你爹是偷过东西，但那时是被穷逼的，社会风气也不好；现在吃穿不愁了，谁还扯那个犊子呀！你记住，就算老子是贼，也没有一个爹希望子承父业的。"老张话锋一转，转脸对孙子说，"乖孙子受委屈了，都怪爷爷出了这个馊主意。"

老张心疼地给孙子揉着脸，扭头对张阳道："遥控汽车是我买的，之所以骗你，是想让你也感受一下当爹的知道儿子犯错是什么心情，结果闹了这么个笑话。乖孙子，你揍爷爷两下出出气吧！"

孩子眼里还噙着泪水，却认真地说道："爷爷，只要你以后不那么节俭，我就原谅你了。"

老张听了，笑得跟朵花似的。

看着儿子和父亲其乐融融的场景，张阳眼眶湿润了。说实话，他骗父亲说东西是从单位拿的，其实是为了试探父亲的态度……

张阳悄悄走到阳台上，给同学发去一条短信："老同学，对不起了，你托我的那件事办不了，我父亲和儿子都看着我呢……"

布鞋的秘密

徐树建

近日，蒋东海升为局长，又适逢父亲七十大寿，他决定风风光光地替父亲操办一下。

父亲是市里的老干部，为官清廉，他听了蒋东海的想法，沉默许久后说："最近，我整理书房时发现了一双老布鞋，我总觉得这鞋对我有重大的意义，但人老了，居然想不起来这鞋的来历了。这事搅得我心神不宁，不弄清真相我根本没心思做寿。东海，你帮我跑一趟老家吧，问一下这鞋的来历，我估摸着，乡亲们会知道。"

说完，父亲从书房里小心翼翼地捧出一双布鞋来。看得出这双布鞋是纯手工做的，针脚密密麻麻，可惜年代久远，鞋面都褪了色。

就为了这么一双旧鞋，跑一趟老家未免有些小题大做。但蒋东海是个孝子，他不忍违背父亲的心愿，急忙双手接过布鞋，第二天一大早便驱车回到父亲的老家。

一下车，蒋东海就先找到村委打听情况。村干部们对蒋东海十分热情，忙不迭地倒茶递烟，可当蒋东海拿出布鞋后却个个摇起了头，谁也不知道什么来历。一晃到了中午，该吃午饭了，蒋东海却发现一件奇怪的事：自己好歹也是个领导，竟没有一个村干部邀请他吃饭。

蒋东海正觉得纳闷，这时村主任开口说道："东海啊，你看快到吃午饭的时间了，要不就到我家凑合着吃一口？你得原谅我们不能请你到饭店吃，实际上我们从来不用公款大吃大喝，无论他是谁，是多大的干部，都不例外，因为这是你父亲定下的铁规啊！"

蒋东海大为惊讶，父亲还定过这样的规矩？

村主任像是看透了蒋东海的心思，点点头又说："你父亲生平最反感吃喝应酬，他回老家时从来不允许大伙铺张浪费大吃大喝，而是随便到乡亲家吃一顿简餐。刚开始我们都觉得你父亲太古板了，可时间一长，我们都理解了，你父亲不仅是严以律己，同时还在用实际行动教育我们。东海，我可以骄傲地告诉你一件事，我们村历任村干部从未出过一个贪污腐败分子！"

蒋东海默默地听着，心里越发地崇敬起父亲来。

在村主任家随意扒拉了两口饭后，蒋东海便在村里闲逛起来，他心里还在记挂着父亲交代的任务：这双布鞋究竟有着怎样的来历呢？就在这时，一阵喜庆的锣鼓鞭炮声传入耳中，循声一看，几位村干部正敲锣打鼓，一脸喜气地走进一户人家，后面还跟着一长溜看热闹的孩子。这是怎么回事？

蒋东海走上前去询问一位头发花白的老人，老人笑盈盈地告诉他：这家的孩子考上大学了，大伙这是在给他庆贺哩，这也是村里一直以来的规矩。

老人说到这里，看着蒋东海说："东海，你知道吗？这规矩就是因为你父亲才形成的。你父亲是我们村里第一个考上大学的，那时你家穷，眼看就要上不起学了，于是村干部和大伙便这样热热闹闹地敲锣打鼓到你家，一来为你父亲庆祝，二来个个帮衬一把，三来也是激励其他的孩子要好好学习。再后来便慢慢形成了这样的规矩。"

蒋东海听了，心里一阵激动，也跟着人流走进那户人家。只见主人家欢天喜地地给大伙倒茶点烟，而大伙有送红包的，有送被褥皮箱的，有送衣服鞋袜的，热闹得像办喜事一样。

蒋东海也包了一个红包递给主人，村主任见状，满脸红光地说："东海，你知道吗？我们村凡是考上大学的孩子，自参加工作后没有一个做出让我们丢脸的事，一个原因是今天这样的情景在他们心中留下了深刻的印象，还有一个重要的原因是村里的第一个大学生——也就是你父亲带了个好头！"

听到这里，蒋东海心里渐渐明白，父亲叫他回老家的真正用意了。只是那双布鞋的谜底还没解开，于是他便拿出布鞋，向大伙打听起来。

刚才那位老人接过布鞋，细细一瞧，突然叫了起来："东海啊，我想起来了，你父亲的这双布鞋是李奶奶做的！"

蒋东海一听大喜，忙问："那李奶奶人呢？请您快带我去见她！"

谁知老人却摇了摇头，说："李奶奶是个孤寡老人，多年前就去世了……"

蒋东海一听，顿时失望极了。不料，老人连忙安慰道："东海，你别急，这双布鞋的来历我知道。那年你父亲考上大学，乡亲们都送了红包和礼物，唯有李奶奶家太穷，实在拿不出什么东西来。于是她天天熬夜，千辛万苦赶着做双布鞋当礼物，眼看你父亲就要离开村子上大学了，李奶奶更加拼命地做鞋，急得用嘴拔针，拔啊拔啊，一下子用力过猛，把嘴里的最后一颗牙给生生拔了下来，那牙上还带着血哩。你父亲当时是跪着接下这双布鞋的，老半天也不肯起来……"

听到这里，蒋东海心头一颤，捧着布鞋，哽咽着喊了声"李奶奶"，就一个字也说不出来了。

回到家，蒋东海双手捧着布鞋，恭恭敬敬地对父亲说："爸，我回过老家了，我什么都知道了，那双布鞋是李奶奶千辛万苦为您做的，李奶奶的最后一颗牙是给您做鞋时拔下的。您是想告诉我，永远不忘家乡人的养育之恩，永远怀着一颗感恩之心，永远不要丢家乡人的脸，是不是？爸，我一定记住！"

父亲看着蒋东海，点了点头。

蒋东海斩钉截铁地接着说："爸，您的七十大寿我知道怎么办了，四个字：一切从简。除了亲朋好友谁也不告知，并且坚决不收礼金。否则，我对不起您的一片苦心，更对不起李奶奶的最后一颗牙！"

父亲听完，脸上终于露出了欣慰的笑容。

一块城砖

王鑫鸳

　　包工头蔡三这两年混得风生水起，开起了建筑公司，还揽了个大活儿：给镇里开挖下水道。高兴劲儿过去，蔡三一算细账，心里又不平衡了，为啥？利润太低！忙活好几个月，就挣仨瓜俩枣的，他不乐意了。

　　蔡三想来想去，就想出个歪招，要把合同规定的高标号水泥，换成低标号的。别看都是水泥，标号一低成本就低了，自己能赚更多，但是水泥质量自然也就差多了。不过，蔡三心里也挺矛盾，这么昧着良心干还是头一次，所以有点举棋不定。到底干不干？他决定回乡下，和老爸商量一下。

他老爸人称老蔡，是十里八村有名的泥水匠，现在年纪大了赋闲在家。刚进家门，蔡三就后悔了，凭自己老爸那股刚正劲，商量这事不是找骂吗？不过来都来了，他索性拿出瓶好酒，和老爸喝了起来。因为心里有事，蔡三不知不觉就喝大了，迷迷糊糊睡了过去。

　　等醒过来，天已经亮了。蔡三忙爬起来，一看老爸并不在屋里，酒桌上多了一块青色的城砖。这城砖是过去建城墙用的，比普通砖要大好多，上面还有三个字："李止　起"，"止"和"起"之间有个空当。这块城砖蔡三小时候就见过，被老爸宝贝似的藏着。有一回蔡三摸了摸，就被老爸一顿训，说这砖是个古物，虽然算不上名贵，但对蔡家特别重要。

　　这块宝贝城砖，怎么放在桌子上了？蔡三一琢磨，也许老爸觉得是时候传给自己了？老听说什么秦砖汉瓦，兴许这也是个值钱物件呢。再看那三个字，蔡三眼前一亮，有了！

　　不等老爸回来，蔡三抱起城砖，开车就往镇上赶。一到地方他就给李镇长打电话，说他的下水道工程今天要搞个开工仪式，请李镇长亲自前来启动！

　　就这么个小工程，还搞开工仪式？别说，李镇长还真来了。此刻蔡三在工地上已经准备就绪，他让工人开来一台挖掘机，请李镇长上去："您上去以后，啥操作都不用做，就按一下电源开关就行，然后我操纵铲子来这么一下就完事。"

李镇长听后有些犹豫，蔡三眼珠子一转，立马说道："这表明政商一体，咱们开发的是民心工程！"听到蔡三这么一说，李镇长的眉头才舒展开来，点点头说："不错，不错。"

见说妥了，蔡三就要介绍哪个是电源开关，没想到李镇长摆摆手说："不用，我大学学的是土木工程，开过。"

开工仪式正式开始，李镇长上了挖掘机，蔡三刚要跟着上去，兜里的手机突然响了。他看了一眼屏幕，是老爸打来的，在这节骨眼上他可不敢接，随手就挂了。可老爸马上又打了过来，蔡三一急之下，索性把手机关了，才上了挖掘机。

李镇长果真是内行，随手就打开了电源开关，蔡三急忙跟着挖了一铲子，土翻上来，就看见里面有块青色的大家伙，啥？一块城砖！有工人上前捡起来，擦去泥土递给了蔡三。蔡三一惊一乍地喊起来："李镇长您快来看，上面还有字，是……是您的名字！"

李镇长姓李，叫李止，城砖上刻着的，正好是"李止 起"。蔡三把砖递给了李镇长："这砖在咱们这儿出土，说明您要高升了，这是大大的吉兆啊。"

李镇长接过砖来，端详了半天说："我也见过不少古董，依我看，止和起之间，应该还有一个字，不知道为什么被磨掉了。"

蔡三满脸堆笑："不管怎么说，这砖是您挖出来的，就归您了，说不定是哪个朝代的宝贝呢。"李镇长抬眼看了看蔡三，没说话，只是若有所思地点了点头，就带着城砖离开了。

见李镇长拿走了城砖，蔡三不禁心花怒放！其实这城砖，是他事先埋进地里的。当着李镇长的面翻出来，为的就是给他讨个彩头，然后趁机送给他，这样也显得城砖是古物。蔡三早就打听明白了，李镇长平时喜欢古董，这是投其所好。不光如此，李镇长是土木工程系毕业的，蔡三也有耳闻，自己偷换了水泥标号，要被他看出来，还不是竹篮打水一场空？现在他既然收下了这块城砖，到时候必然会高抬贵手。

事情办妥，蔡三才有空打开手机，一看有好多通老爸的未接来电，他怕老爸会来要城砖，也没打回去，而是拨了水泥厂的电话，把预先订好的高标号水泥，都换成低标号的。这么一来，蔡三就能多赚一笔啦！

到了晚上，第一车水泥就拉到了工地。蔡三忙带工人过去卸车，却发现工地上有一群人正商量着什么。打头的，正是李镇长。李镇长见是他，打起了招呼："蔡三啊，你算找着宝了。"

"啥宝？"蔡三一脸疑惑。

“城砖！简直价值连城！”

“真……真的吗？”蔡三肠子都悔青了，他早就料到那块城砖值点钱，可也没想到值成这样。要是自己把城砖偷偷一卖，还挖啥下水道啊！

看见蔡三的后悔样，李镇长又笑了，他拉过一位戴眼镜的中年人说：“这是县文保所的老张，让他跟你说吧。”

老张说：“其实这城砖本身不值什么钱，关键是上面的字，那是刻出来的，不是烧出来的，说明这是古城墙的标志砖。李止某起，是说城墙到此的这一段是由姓李的工匠砌成的，而下一段则由另一位工匠来砌。至于姓甚名谁，因为上面的字被磨掉了，所以也无从考证。”

李镇长接口说：“我拿到城砖后，就送到了文保所。老张说我们县的县志上有段记载，说历史上这里建起过一座古城，可不久就荒废了。莫非遗址就在这里？他就带着人在出土这砖的地方往下挖，结果，还真挖出了很多老城砖，说明这里可能真是古城遗址。这在考古上、在我们镇的旅游发展上，都有重大意义。你说，这砖是不是价值连城？”

老张又说：“不过这样一来，你这下水道就不能挖了，我们要保护性发掘。”

蔡三只觉天旋地转：“那我的工程怎么办？我的水泥、工人都齐了……"他突然跳起来喊,"不!这块城砖不是从这里挖出来的,是我埋下去的,你们不能从这里挖!"

李镇长笑了:"这我已经知道了。不过也巧了,我们恰恰在这里挖到了古城墙遗址,你也算立了一个大功。不过,更大的功劳是这位的。"说着,他又从人群里拉过一个人来,蔡三定睛一看,竟然是自己的老爸。

老蔡满脸怒意:"你昨天喝酒喝大了,不知不觉就说要用低标号水泥换高标号的。我想等你酒醒了劝劝你,咱蔡家不能干这昧心事,就拿出城砖放在桌子上,用来当话头。可我一个没留神,你竟然拿着城砖跑了。我一急,就追到镇里,把事告诉了李镇长。"

蔡三满脸都是绝望:"你可以直接到我家啊,等我回去再说不行吗?"

老蔡更生气了:"我倒是想先拦住你,可我打你手机,你不但不接,还关了机。我跑到镇里,看见镇长他们在工地上开挖,才……"

"老爸呀老爸,都说虎毒不食子,你可把我坑惨了。"

"我是想给你来个深刻教训!你知道城砖上缺的那个字是什么吗?正是'蔡',咱家的蔡!"

老蔡神情激动地讲述起了记在蔡家家谱上的一件惨痛之

88

事：明朝末年，蔡家的一位祖上为朝廷筑城，可是他有一天喝多了酒，砌墙的时候没有在墙缝里放入足够的三合土，导致有一段城墙不够结实。第二年敌军入侵，就用攻城锤从这段城墙上撞开缺口，杀了进来，酿成了一场屠城惨祸，过后这座城就被荒废，城墙坍塌，慢慢被泥土所掩埋。

明军后米根据这块标志砖——李止蔡起，追查出这一段是蔡工匠所砌，就把他斩首了。蔡家的人深以为耻，把这件事记入了家谱，还把标志砖一代代传了下去。

"你知道为什么砖上没有了蔡字吗？因为祖上的这件事，蔡家没脸见人啊！可你，竟然又玩起了偷工减料的老把戏！本想在家里给你说这些，可你早早就走了。"老蔡痛心疾首。

蔡三整个人怔住了，好半晌才说："我……我这就把水泥退回去……我要吸取这个教训，好好反省，做个合格的蔡家后人。"他看了一眼老爸，说："我看，不如就把这块城砖捐出去，为县里的考古旅游事业出点力。"

老蔡笑着说："行，这回让你当个家。"

李镇长也笑了："我看这块砖还有特别的用途，不但能让人们知道古代是如何搞好建筑质量的，偷工减料没有好下场；还能当廉政的教材，行贿受贿那一套行不通！"

防不胜防

童树梅

梅明光最近调到县里当差，忙得不可开交。这天，他爸老梅突然打来电话，说："明光，跟你说件奇事，理发涨价了，而且不涨还不行！"

老梅在乡下老家开了家老式理发店，有些年头了，也是因为理发店，才没有搬去和梅明光同住。前些日子，镇里新出台一个规定：为避免恶性竞争，全镇理发行业必须统一价格，起步价一律8元，不得恶意降价，否则重罚。

老梅的声音纳闷极了："我理发一直以来都是5块钱，做的也全是上了点年纪的左邻右舍的生意，大家都是熟得不能再熟的人了。现在一下子涨到 8 块，个个都不乐意，我也开不了口，可政府的话又不能不听，你说这是什么政策嘛！关键是，全镇街面上从事老式理发的就我一家，其余的全是烫发染发什么的新鲜玩意，他们的最低价早就涨到了 8 块，这个规定好像只针对我一个人，你说怪不怪？"

梅明光听了也觉得好笑，说："有意思，咱家老式理发铺子是独家经营，根本没有竞争，又哪来的恶性竞争？镇领导怎么会出台这么个规定？不过既然镇里规定了，应该是别有考虑，咱也不能乱掺和是不是？爸你多跟大伙解释解释就是了。"

挂了电话，梅明光转头又想了想，家乡干部这是搭错哪根神经了？这都什么年代了，还搞这种强行规定？

又过了一阵，梅明光突然一惊，好像触动了什么心事，想了半天却又想不清楚，只隐隐觉得里面有名堂。他当即决定要找个时间回去一趟，弄个明白，也顺便看看多日未见的爸。

好不容易安排好工作，梅明光终于抽出身来，驱车直奔老家。

谁知一下车就感觉到气氛不对头：自个儿看到老家邻居时忙满面笑容地递上烟，又热情问好，可人家一反常态，个个脸冷冷的，一副爱理不理的样子，连香烟都不接。

梅明光只觉得一股寒意从心底深处直冒上来，这是怎么了？大伙为什么这么冷漠？前头就是"老梅理发店"，得问爸去，看到底发生了什么事。

刚一脚踏进理发店，就看到老梅一脸疲惫地坐着，手里正拨弄着手机，老梅抬头一看是儿子，惊讶地跳起身来："你回来了明光，我正要打你电话哩，见鬼了、活见鬼了！"

梅明光吓了一大跳，大白天的见鬼了？

只见老梅先狂喘两口气，再"咕咚咕咚"灌上几大口茶，一抹嘴，说："不得了，你看！"

老梅说着，递过一大把小小的卡片，梅明光接过来一看，只见卡片上打印着三个字：理发券。另外，还盖着一个红通通的大印，仔细一看，竟是镇政府的公章。

老梅依旧惊魂未定，说："镇政府又出台政策了，他们给镇政府的每个公务人员都发放了'理发福利'，让大家都到我这小店理发，一月最起码要来一次，理发时先拿理发券到我这顶账，月底我再拿理发券到镇里结账。明光你想，近段时间镇里前后一共制定了两个规定，这两个规定一出台，全镇的理发生意我就做了不少，来店里理发的人比往常多了不知道多少，这不是要活活累死我吗？"

梅明光还没听完，头"嗡"的一声就炸响了，明白了、全明白了，一直以来最担心的事终于发生了！

梅明光当即安慰爸先别急，然后驱车来到镇政府大院内，里面的工作人员一见他下车，顿时吓了一跳，一起拥上来抢着说："梅县长，您怎么亲自来了？驾驶员呢？"

梅明光摆摆手，示意大家继续工作，然后直接来到镇长办公室，镇长同样吓了一跳，刚要客套，梅明光就一脸严肃地开腔了："我说，针对理发行业你们出台两个规定，到底是什么意思？"

原本一脸紧张的镇长一听是这事，立即放松了下来，笑着说："梅县长，你回来怎么一个电话也没有啊？快请坐，我先倒杯茶，再汇报一下工作……"

梅明光一丁点儿坐下来的意思也没有，冷冰冰地说："我今天不是来工作的，所以你不用汇报，我只是请教你一件事，为什么要照顾我爸理发店的生意？"

镇长见梅明光真火了，忙说："哪有照顾啊，我们只是做了点应该做的事而已，您日理万机，我们总得为您分担点吧……"

梅明光再也按捺不住心头怒火，大声说："你们这是变相行贿，是正事不干，专干歪门邪道！现在我告诉你三件事：一，把那两项规定立即收回；二，我马上让我爸把这段时间赚的钱全缴上来，该退的要退，该道歉的要道歉；三，你跟我去趟纪委！"

梅明光最后恨恨地说："我以前回来时，乡亲们见到我都亲热得不得了，现在哩，个个像躲怪物似的躲着我，照这样发展下去只怕……哼！"

回过头，梅明光把事情的全部经过都告诉了老梅，老梅一听呆若木鸡，脸都白了，说："我的天，原来我一直在受贿？这么说，爸爸差点就害了你！"

梅明光用力点点头，恳求道："爸，要不你还是跟我一起进城吧，我当选县长才多久，他们就弄出这么多事来，这时间一长，还不知要搞出什么幺蛾子哩，防不胜防啊！"

老梅呆了半晌，最后无力地点点头，说："行，我进城，我这是活活被挤走的啊！"

到了城里一段时间后，老梅开始恹恹地不想吃，干什么都没劲，睡觉也不香了。梅明光觉察到了，忙要带他去医院。老梅摇摇头，叹口气说："我没病，这是闲的，我忙了一辈子，现在你让我成天没有二两事，连个说话的人都没有，能不生病吗？"

梅明光说："那怎么办？总不能让你去打工吧？"

老梅说："打工不成，开理发店还不成吗？你帮我找个小门面，还是老式的那种，我只要一忙起来就没病了，还能增加些收入哩，你开销这么大，我不帮衬你些成吗？还有，城里这么大，我不说你不说，又有谁知道我是你爸，也就不用担心会有人变相行贿了。"

梅明光想了想，点点头说："也只好如此了，嗨，爸，我这到底是孝还是不孝呢？"

不长时间，理发店悄无声息地开业了，几天一干，老梅果然精神焕发起来，整天哼着小调进进出出，说："明光，我这店算是开对了，没想到生意比在老家还好哩，城里头人多，更重要的是城里理发的竟有好多不会刮胡子、掏耳朵，告诉你，好多干部模样的人都来找我刮胡子掏耳朵哩，说舒服死了，哈哈……"

梅明光看在眼里喜在心里，这天头发长了，便来到爸的店里，本能地叫道："爸，我头发长了，给我理理！"

这时有个衣冠楚楚的胖子正一脸惬意地坐着让老梅掏耳朵，一听到梅明光的话，立马站了起来，左望望右望望，脸上又是惊讶又是惶恐："梅、梅县长，这老爷子是您爸？这这这怎么得了……"

梅明光来不及反应，不由自主地看了看老梅，两人对视一眼，一起苦笑起来：这间理发店，估计又开不成了。

门　神

何　童

　　刚过春节，一个爆炸性的消息就在县里传开了：县纪委副书记方振国受贿了，而且被人拍下了视频，传到了网上！那个视频上显示的时间是腊月二十八，镜头正对着方振国家的防盗门，一个女孩拎着一个白色的箱子进了门，过了一会儿，女孩空着手出来了，最后消失在楼道里。

　　说起来，这方振国虽然年纪轻轻，却已接连处理了好几件贪污腐败的大案子。他为人耿直，从来不给别人通融的机会。可如今，网上怎么会出现这样的视频呢？

　　这天，纪委梁书记把方振国叫进了办公室。方振国告诉梁书记:这个女孩名叫苏钦,是爱家房地产公司的销售。当天,苏钦的确拎着一个白色的箱子去过他家,因为自己正在查办对方公司的一桩案子,所以他连门都没让对方进,谁知道网上竟然出现了这样的视频。

梁书记听了,点点头说:"事发后,我曾派人到你家门口查看,发现你家楼道里声控灯的位置被人动过手脚,有安装过摄像头的痕迹。还有,你家的门牌也不见了……"

方振国一听,有些蒙了:"梁书记,这些事我之前都没留意,不过,要弄清楚这事也很容易,找到苏钦一问不就行了吗?"

梁书记叹了口气,说:"事情没那么简单,如今苏钦联系不上,她所在的公司也不承认派她去给你送过礼。虽然没有确凿的证据证明你受贿,但眼下社会舆论压力很大,要不,你还是先暂停工作,回家休息休息吧。"

从梁书记那里出来,方振国的情绪十分低落。他回到家,仔细查看了楼道里的声控灯,果然,在声控灯旁有胶带粘过的痕迹,再看自己家的门牌,不知什么时候被人撬走了。他的心一沉,看来,自己真的掉进别人精心设计的圈套里了。

方振国十分郁闷,打算回乡下的老家住几天。可没想到,自己被停职调查的事情,已经传到了老家。一进家门,父亲就把他拉进了里屋,急切地问:"振国,大家说的是真的?"

方振国苦笑了一声，说："爸，外面的传言不是真的，我没受贿，那是有人陷害我！"

父亲长叹一声，说："振国，我早就说过你，这做事不能太较真，你把人都得罪遍了，人家能不恨你吗？算了，大不了咱不干了，从明天开始，咱再把雕版年画的手艺拾起来吧，就凭咱这祖传的手艺，吃饱肚子还是没问题的！"

的确，他们方家的雕版年画在当地还是小有名气的，方振国小时候跟着父亲也学过一些技艺，见眼下也无事可做，他便答应了。

第二天，方振国跟着父亲走到厢房，刚拿起雕版工具，就听见门外传来了汽车喇叭声。随后，一个两手拎满礼物的中年胖子走进院来。方振国一眼就认出来人正是爱家公司的老总汪桧，他皱了一下眉，对父亲说："找我的，您甭管，我出去看看。"说完，他就走出了厢房。

一看到方振国，汪桧一个劲地作揖："方书记，对不起，前几天我出差了，回来后才知道你因为我们公司的事受了委屈，这不，我登门来赔罪了。"说完，他就要往屋里走。

方振国拦住了他，朝他手里的东西努了努嘴。汪桧愣了一下，朝外面喊了一嗓子，让司机把东西拿回去，这才又朝方振国拱了拱手，说："瞧我这个没记性的，不该带着东西来拜访，不过，我这次可是真心实意来给你道歉的！"

方振国把汪桧让进屋里，落座之后，汪桧直截了当地告诉方振国：他今天来，除了给方振国道歉之外，还有一件重要的事，就是想请方振国立刻辞职，到他的公司当个副总，年薪不会低于一百万！

方振国冷笑一声："汪总，你胆子可够大的，找一个'受贿'的人当你的副总，你不怕你的公司瘫了？"

汪桧面不改色地说："老弟，实话实说，你受贿的事，除了网上那个录像，还有什么确凿的证据？查无实据，谁能把你怎么着？要是你能跟我合作，凭你的人脉关系和我的经济实力，咱不想发财都难！"

方振国轻蔑地看了汪桧一眼："如果我不想发这个财呢？"

汪桧愣住了，过了好一会儿，他才咬牙切齿地说："那、那你就顶着这个屎盆子过一辈子吧！"说完，他气冲冲地走了。

方振国转身来到厢房，拿起雕版工具，说："爸，咱继续干活吧！"

父亲指了指大门外，问："刚才这个人来找你，究竟是为什么？"

方振国告诉父亲，年前，他调查一个官员受贿的案子，涉及到了爱家公司，但这家公司就是死活不认账，一点也不配合调查，而且这个汪桧还私下放出话来：谁敢查他行贿，他就让谁成为受贿者！当时，方振国没把他这句话当回事，没想到自己还真吃了亏。汪桧这次找到家里，恩威并施，其实就是想让方振国放弃继续调查的念头。

父亲听完方振国的讲述，愣了好一会儿，突然一把抓住儿子的手，哆嗦着问："你那段录像在哪里？让我看看！"

方振国掏出手机，调出那段视频，递给父亲看。不料，父亲只看了一个开头，就大声喊了起来："儿子，这录像是假的！"

方振国吓了一跳：这视频自己看了不下百遍，梁书记他们也看了好多遍，都没看出是假的，怎么父亲还没看完，就看出是假的呢？

只见父亲指着视频上的防盗门说："你看，门神！贴在防盗门上的门神不对！"

方振国拿过手机，把图像放大，仔细看了看，还是一头雾水："爸，这就是咱们家春节前印的门神啊！"

父亲指着门神上的画像说："你家防盗门上贴的两个门神，两只眼睛都是瞪着的，可你看这录像上的门神，各有一只眼睛是闭着的！"

方振国瞪大眼睛一看，果然，录像里的门神，秦琼的左眼和尉迟恭的右眼真的是闭着的。他还是第一次看到睁一只眼闭一只眼的门神呢！可这个奥妙，父亲怎么一眼就看出来了呢？

父亲叹了口气，说："孩子，这睁一只眼闭一只眼的门神，就是我印的啊！"

原来，过年前的一天，父亲正在集市上摆摊卖年画，一个小伙子过来找他订一千张门神画，给的价格还很高，但有个特殊要求，就是所有的门神都得睁一只眼闭一只眼。父亲问其原因，小伙子告诉他：他老板听说这里的年画很灵光，就让他来订这批门神画，老板做生意需要很多方面的关照，把这样的门神送给人家，就是为了让人家能够对老板睁一只眼闭一只眼。父亲觉得这笔买卖很划算，就印了出来，没想到，却间接害了儿子。刚才，父亲一眼就认出来，汪桧的司机就是找自己印年画的小伙子。

父亲老泪纵横道："咱家祖上就有家训，做生意要对得起良心，我一时贪财，这也算遭了报应啊！"

几天后，方振国的冤情终于洗清了，不出所料，诬陷他的正是汪桧。为了让方振国彻底放弃调查，汪桧让手下按照方振国家楼道里的情形，在另外一栋楼里进行了布置，并且挂上了从方振国家偷来的门牌，然后拍下了苏钦进门送礼的视频。可让他没想到的是，手下看到了他买的年画，就随手拿了一张去布置场景，结果让方振国的父亲一眼看穿了。

很快，方振国恢复了工作，父子俩弄了一桌酒菜，决定庆贺一下。方振国端起酒杯，问："爸，你一直劝我不要太较真，年前我回来拿门神的时候，你为什么不给我一张睁一只眼闭一只眼的？"

父亲一饮而尽，说："我倒是想过，可后来一琢磨，门神睁一只眼闭一只眼，就容易让小鬼混进去。没想到还真让我猜对了，这睁一只眼闭一只眼的假门神，就是干不过瞪着两只大眼的真门神啊！"

清清白白

陈效平

刘辉被任命为市城建局局长，消息刚公布，头一个上门来送礼的竟是他的父亲刘云海。

刘云海是位离休老干部，擅长绘画。他亲手画了一幅题为"清清白白"的水墨丹青，镶在一个精致的玻璃画框中，作为贺礼送给了儿子。这幅画上有一棵水灵灵的青菜，青的是菜叶，白的是菜帮，笔法细腻，色彩逼真。

刘云海把画框交给刘辉，语重心长地告诫道："做人要清清白白，做官也要清清白白，我把这幅画送给你，就是为了让你始终牢记这一点。"

刘辉听了连连点头，郑重地接过画框，把它端端正正地挂在客厅的墙上。

见儿子如此认真，刘云海满意地笑了。他眯起眼睛，凝视着画上的那棵青菜，自言自语道："过些天我再来，看你是否依然青白。"

刘辉瞅瞅父亲，又望望墙上的画，听不懂这句话究竟是啥意思。刘云海并不解释，神秘地笑了笑，径直回乡下老家去了。

两个月后，刘云海又来到了儿子家。

一进客厅，他首先去看墙上的那幅"清清白白"。只瞅了一眼，他的脸立刻拉长了。

刘云海转过身，冲着刘辉气哼哼地问："这阵子，你拿了不该拿的东西，收了不该收的礼物，对不对？"

刘辉吃了一惊，心里暗暗称奇。最近两个多月，确实有不少人上门来送礼，但远在乡下的父亲是怎么知道的呢？于是，他困惑地问："爸，您是咋知道的？"

刘云海一指墙上的画框，虎着脸说："喏，是这棵青菜告诉我的！"

"青、青菜告诉您的？"刘辉听得瞠目结舌。

刘云海点点头，一字一顿地说："画上的菜变了颜色，青的不青，白的不白，这说明你最近没做到两袖清风！"

刘辉抬起头，盯着墙上的画仔细端详，这才惊讶地发现，画上的青菜果然变了颜色——原本青翠的菜叶和雪白的菜帮此刻变得浑浊不清了！

刘辉简直不敢相信自己的眼睛，愣在那儿好半天说不出话来。

刘云海沉着脸，冷笑道："若要人不知，除非己莫为，现在，你先讲讲收受礼物的情况吧。"

刘辉找出一个笔记本，双手捧给父亲，解释说："送来的礼物我全部退回去了，每一笔账都记在这本子上。"

刘云海接过笔记本，戴上老花镜仔仔细细翻看起来。本子上有十五条记录，送礼人姓名、送礼日期、礼物的名称、退还礼物的时间等内容一目了然。看着看着，刘云海紧皱的双眉渐渐舒展了。

刘云海仰起脸，看看刘辉，又瞧瞧墙上的画，笑眯眯地说："看来，这幅宝画只知其一不知其二，冤枉了我的儿子。"

刘辉听得一头雾水，诧异地问："难道，这幅画真的有魔力？"

刘云海微微一笑，点着头说："不错，这幅'清清白白'有灵性，能反腐倡廉。"

刘辉不相信画会有灵性，但一时又猜不透这其中的奥妙。刘云海仍不肯多作解释，背着手自顾自走开了。

刘云海在儿子家住了一晚，第二天一早就回去了。临出门前，他又抛下一句："过一阵子，我再来看我的宝画。"

去车站送完父亲后，刘辉赶紧去看客厅那幅"清清白白"。这一看更让他惊讶不已，只见画上的青菜居然恢复了原有的色彩，青青白白，鲜活水灵。

画上的菜自己会变颜色，这究竟是咋回事呢？刘辉盯着画框，百思不得其解。

打那天起，刘辉每天上下班时都要往客厅的墙上瞅一眼，看看那棵神奇的青菜有没有变色。还好，画上的菜一直青白分明。

转眼到了第二年，市里开始大规模旧城改造，有许多城建项目要上马。不少建筑商闻风而动，变着法子来给城建局局长刘辉送红包。

这天，刘辉下班回家，习惯性地朝客厅墙上扫了一眼。当看清那个离奇的画框时，他不禁倒吸了一口凉气。只见画上的青菜又鬼使神差般地变浑浊了，真是太诡异了！刘辉再也忍不住好奇，决定立刻给父亲打个电话，问明"清清白白"变色的奥秘。

就在这当儿，门铃响了。刘辉开门一看，见父亲正风尘仆仆地站在门外。

"爸，您要来城里，事先咋不打个电话，我好去车站接您呀。"刘辉关切地问。

刘云海说："进城看一个朋友，顺便来你这儿瞧瞧我的宝画。"说着，他径直朝客厅的画框走去，望着画上那变了色的青菜，当即沉下了脸。

"刘辉，你说实话，前一阵是不是收了许多红包？"刘云海双眉紧蹙，单刀直入地问。

刘辉没隐瞒，老老实实地点了点头。

刘云海浑身一震，情绪立刻激动起来，他指着刘辉，声音发颤地说："儿啊，我平时反复提醒你，当官一定要清清白白，不该拿的东西绝不能拿，不该要的东西绝不能要，你为啥不听呢？！"

刘辉把父亲拉到沙发上坐下，笑着安慰道："爸，您先别着急，听我慢慢往下讲。"

刘云海直勾勾地盯着儿子，听他作进一步解释。

刘辉一边倒茶一边说："那些红包我确实收下了，不过，都集中起来交给了纪检部门。到时候，我把相关的证明材料拿给您看。"

听了这话，刘云海转怒为喜。

这时，刘辉又恳求道："爸，我已经交了底，接下来您也该实话实说，把'清清白白'变色的秘密告诉我了吧。"

刘云海呷了口茶，得意地说："少安毋躁，过一会儿我就揭开谜底。"

约莫过了半小时，刘辉家的保姆赵姨买菜回来了。刘云海把赵姨拉到身边，笑着对刘辉说："喏，谜底就在这儿。"

"难、难道是赵姨让画上的青菜变了颜色？"刘辉盯着赵姨，不敢置信地瞪大了眼睛。

刘云海点点头，道出了事情的原委。

原来，听说儿子即将出任城建局局长，刘云海担心他在廉政问题上会出现闪失。为了劝勉刘辉始终保持两袖清风的良好本色，刘云海决定画一幅画送给他，作为时时刻刻的提醒。

几经斟酌，刘云海画了一棵青菜，取其清清白白的寓意。然后，通过一位老战友的帮忙，刘云海从某玻璃厂弄到了一个高科技的玻璃画框。这种画框只要装上电池，通过开关，就可以把玻璃调节成不同的透明度。

将画框送给儿子后，刘云海悄悄找到赵姨，把画框的秘密告诉了她。接着，刘云海请赵姨担任廉政监督员，秘密监督刘辉有无受贿行为。一旦发现这种行为，就把玻璃偷偷调暗，让画中的青菜看上去显得浑浊。

赵姨和刘云海是三十多年的老邻居了，这几年在刘辉家里帮忙，也是希望他们一家能顺顺利利、平平安安。明白刘云海的意图后，赵姨爽快地答应了。

此后，她一边密切关注刘辉的一举一动，一边通过电话跟刘云海保持联系。昨天晚上，她打电话给刘云海，详细描述了刘辉最近收受红包的情况。于是，刘云海一早就赶到了儿子家。

当然，画中的青菜不断变色，正是赵姨几次调节玻璃透明度的结果。

听完父亲的讲述，刘辉这才恍然大悟，他笑着说："我家的廉政监督员真是太有才，不但有相互的默契配合，还运用了高科技！"

一个蒜头有八瓣

曹景建

胡德利四十出头，就当上了县水利局局长，以前的老同学纷纷找上门来，胡德利心里清醒，能拒就拒。但初中同学王运成却让胡德利犯了难。要知道，这个王运成救过自己的命！当年一起游泳，胡德利突然小腿抽筋，要不是他奋力把自己拉上岸，就没有现在这一切了。

这天周末，胡德利有公事要去侯庙镇跑一趟公干，刚好王运成又打电话要和他聚聚。两个老同学相见，十分兴奋，一边喝酒一边谈论当年好玩的事儿，这一喝就喝了三四个小时。当胡德利喷着酒气说要回去时，天已经不早了。

听说胡德利要走，王运成看了看手表，也不好再挽留，于是从口袋里掏出一张卡，塞到胡德利的手里。

"这是什么意思？"胡德利晕乎乎地问道。

王运成用右手托着胡德利的手，一使劲儿把老同学的手蜷起来，包住那张银行卡："我可听别人说了，你一直想把老父亲留下的祖屋修葺一下，可这么久了，我也没见你动工，我是知道你的，清官一个嘛。这几万块就算是我借给你的，好吧？"

话说到这分上了，胡德利不好再推辞。

送到大门口，王运成又悄悄地把胡德利拉到一边，塞给他一张纸条，小声说："镇上那个水利工程，我小舅子想揽下来，这是他们公司的名称。"一看胡德利脸色不对，王运成随即摆出一副不耐烦的样子，"我这小舅子老来找我，我快烦死了。我知道老同学你的为人，这样，这招标嘛，还是按程序走，他要是资质不合格，按规定剔除出去就是啦。还有，这事儿跟修老屋是两码事，你别多想！"

说完，王运成没等对方表态，一把就将老同学推上了车。

坐到车上，胡德利感觉头晕脑涨，一指前方说："开车！"车子启动不久，外面就开始起雾了。司机小马不敢开快，一个多小时才走了二十几公里，离县城还远着呢。胡德利躺在后座上睡了一小会儿，醒来发现才走了这么点路程，心里不免有些沮丧，他还想着早点回去陪陪儿子呢。

就在胡德利心急的时候，更大的麻烦却来了。不知道怎么搞的，小马开到一个三岔路口时，转了二十几分钟，怎么也转不出去。

"咋回事嘛，小马？"胡德利急促地问道。

小马一脸的委屈："局长，我也不明白，分明就沿着道向前走的，可是走了老大会儿，还是走到这歪脖子树面前了。"

"啊，竟然有这种事！"胡德利摇下车窗，伸头看了看那棵快要掉完叶子的歪脖槐树，一阵凉风灌了进来，他不禁打了个寒噤。

"莫非是遇到鬼打墙了？"小马扭头说了一句。

胡德利听了，心里一阵发紧，可是嘴上却唬起小马来:"什么鬼打墙！别胡思乱想了，好好开你的车。"

小马无可奈何地说："局长，绕来绕去，总也绕不出去，这可咋办哩？"

就在胡德利一筹莫展之际，小马突然叫起来："局长，前面有一个骑电动三轮车的，应该是本地人，我下去问问。"

那驾驶三轮车的是个老头，头上围个灰色的围布，只露出半张脸，两个眼窝深陷着，眉头的皱纹一道挨着一道。

简单地交谈过后，小马终于弄明白怎么走了，就在他要上车时，胡德利叫住了他："先别急着上车，我看这位大爷三轮车后面拉着大蒜，快，买他两串子。"说着递给小马一百块钱。

小马知道，胡局长平时最爱吃大蒜了，于是赶紧买了大蒜扔在了后备厢里。

按照大爷的指示，小马终于找到了一条隐藏在荒草中的小马路。果真，沿着那条小马路，不一会儿就到了101省道，终于驶入了去县城的路。

到了家里，胡德利把王运成给的那张卡夹在了一本书里，心里怦怦直跳，可一想到老父亲生前一直说要翻盖祖屋的事儿，还是默默地记下了纸条上那个公司的名字。

两天后，胡德利趁着检查工作的当口，让小马开车拐到了生他养他的那个小村庄。一进村，他就远远望见了那三间破旧的瓦房，在邻居们二层小楼的对比下，就像座贫民窟。

胡德利心里阵阵酸楚：唉，父亲临死也没有住上宽敞的房子，都是我这个做儿子的不孝啊，亏了自己还是村里第一个大学生，横竖还是个官！

回到村里，堂哥带着他打开了这座久不住人的小院子。

胡德利四下一看，院子里疯长的杂草都已经没到膝盖了。

"局长，你看！"小马突然惊奇地指着院角处一辆废旧的红色电动三轮车。

"咋了，小马？一惊一乍的，这是我父亲生前开的三轮车。"胡德利眉头微微一皱。

小马不好意思地低下头说："没什么，前两天在侯庙镇给我们指路的那个大爷，也开着跟这一模一样的三轮车！"

胡德利心里一怔，又仔细打量起院里废弃的那辆三轮车，果真和指路大爷骑的一个样式呢。

"这有啥奇怪的，我们这里老人好多都骑这种三轮车呢，这个牌子在我们这儿卖得不错哩！"堂哥笑道。

快到中午时，胡德利在堂哥的陪同下，去村后的祖坟上祭奠了父亲，然后托堂哥找个工程队，把祖屋好好修整一下。堂哥爽快地应承下来，接着小声说："你也是，堂堂一个大局长，老家的房子还是那样子，外人要笑话哩！"

一行三人坐着轿车，刚出了坟地，就拐到一个三岔路口，小马突然叫道："局长，快看，歪脖子树！这就是那天咱们迷路的地方！"

堂哥听后说："怎么，你们也在这里迷过路啊。唉，别提了，我们这里好多人都叫这地方'鬼集市'，都说一到晚上或者大雾天，那些鬼啊怪的就出来在这里摆鬼市哩，咱们活人要是碰上这种时机，那些不干净的东西就会捉弄人，让你在这块儿兜圈子，也就是俗称的'鬼打墙'。"

"'鬼打墙'？哥，你也是上过中学的人，也相信这个？"胡德利虽然心里有点发毛，嘴上却笑话他。

堂哥摇了摇头："我当然不信，我宁愿相信是这里修路修得太乱，视线不好时，会让很多人看岔。"他停顿一下，又笑道，"不过，这世上的事谁说得准呢，这鬼啊神啊的，也不能全不信哩！"

一路上，胡德利满脑子都是院子里那辆父亲骑过的三轮车，那天指路的大爷，虽然他掩着半张脸，可那模样怎么真和生前的父亲长得那么像呢。更巧的是，那天迷路的地方和父亲的坟离得也不远，难道真的遇到了鬼市，是死去的父亲特意给小马指点迷津，让他们走出了困境？

胡德利傍晚回到家，见老婆晓梅正向一个瓷坛里装蒜头，她一边装，一边惊奇地说："你那天从侯庙镇半路买回来的蒜，怎么跟咱爸生前每年送咱的蒜一样呢，每个蒜头都是八瓣呢。"

"你说什么，蒜头都是八瓣？"胡德利像被电击了一般，赶紧蹲下身，捡起老婆身边的蒜头，一下检查了好几个，的确个个都是八瓣！

115

胡德利慢慢站了起来，自言自语地说："我明白了，我明白了，爹，真的是你啊，我知道该怎么做了！"

当天晚上，胡德利给堂哥通了电话，让他先别急着找工程队，然后，他又给老同学王运成打电话说那张卡明天就给他送回去，祖屋以后再修，至于那个水利工程，还是按程序走，让他小舅子和别的公司一起公平竞争吧。

打完电话，胡德利心头的一块石头重重地落了下来，几天来，他从来没有如此轻松过。

元旦这天，晓梅买菜回来，刚一进家门，就对胡德利说："刚才在咱楼下的农贸市场，我碰到了一个乡下来卖大蒜的老人家，离远看我还以为是咱爸呢，走到近处才发现，他要是嘴角边再有个大瘊子，那就和咱爹更像了。"胡德利听后，话也没回，就冲下楼去。儿子觉得好奇，也跟着胡德利下了楼。见着那个老头，胡德利就在他三轮车厢里翻看辫成一串串的大蒜头，个个都是八瓣的。

"老人家，您还记得我吗？前些日子那个大雾天，我开车到乡下，问过您路呢！"胡德利提醒道。

老头儿仰头想了想，一拍手说："我想起来了，当时你还买了两辫蒜呢，真大方，连价也不和我讲！唉，那个地方路修得太乱了，一不小心就会迷路！"

胡德利现在搞明白了，什么鬼打墙啊，什么老爹指路啊，如今真相大白了！"问您一下，您为什么专挑八瓣的蒜头卖啊？"胡德利盯着老头儿问。

老头儿笑着回答说："可被你问着了，我这是用了一种特殊的种子，长出来个个都是八瓣，八就是发嘛，你们城里人可信这个喽！"

胡德利摇摇头，转过身对儿子说："这不是个好答案！"

"爸爸，我觉得这位爷爷说得挺好的啊。那您告诉我，什么是最好的答案？"儿子不解地问。

胡德利看着面前已经长到自己胸口的儿子，摸着他的头说："你爷爷在我很小的时候，就靠年年种大蒜养着一大家子人，供我读到大学。后来我参加工作，你爷爷告诉我，'永远要记着你的根在农村！我累死累活地在地里流汗种蒜，供你上了大学，如今你当了干部，多不容易呀，千万不要干违法的事，一定要做个清清白白的人！'"

"唉呀，爸爸，我不想听这些大道理，你还没有告诉我那个好答案呢！"儿子不耐烦起来。

胡德利苦笑着说："你小子可给我记住了，你爷爷说他在菜地里，顶着日头，一个汗珠子摔八瓣，落在地里，就都成了八瓣的蒜头！"

一瓶可乐

李苏楠

　　小亮刚过三十岁，是行政审批局的业务骨干，单位里，大家都对他交口称赞。

　　可这次，熟悉的企业办事员小张来办事，不过是随手扔过来一瓶冰镇可乐，小亮觉得没啥就拿起来喝了，谁知道刚好被监察局的督查组拍到了。这不，监察局下发通知，对小亮进行全区通报批评，还要求他在大会上作检查。小亮觉得监察局"小题大做"，很不服气，找上了门……

　　"我和那个企业的办事员很熟，就喝了3块钱的可乐，能算大事吗？"小亮大声说道。

监察局马局长没有正面回答，只说："明天早上你到我办公室一趟，咱们再谈谈。""谈就谈，我就不信你能把3块钱的可乐说成300块！"小亮生气地走了。

晚上，小亮的母亲叫他到家里吃饭，并说："你不要和那个老头子一般见识，他就是有点较真，妈替你批评他！"小亮知道母亲是想让他和父亲缓和一下关系，可他心中还是有气，说："今天我不回家了，老爸既然想要公事公办，我就要看他能办出什么大道理来！"

第二天一上班，小亮就准备去马局长办公室再理论一番，快走到的时候，马局长打来电话，说："小亮啊，我想着是不是咱们父子之间年龄差距有点大，有代沟，你也去给我买一瓶可乐尝尝吧？"

买就买，反正我身正不怕影子歪，小亮想着便朝门口的便利店走去，谁知便利店还没开门，小亮知道300米外还有一家，可去了发现也没开门。原来，江城区行政机关是早上八点上班，而临街的商铺却鲜有八点就开门的，再加上机关都在新城区，商业气氛还不旺，门店比较少，小亮竟然一时买不到可乐！最后，小亮返回单位骑上电动车，晒得满头大汗，才在两站公交之外找到一家24小时便利店，买到了一瓶3块钱的可乐。

没想到大早上买饮料这么不容易，想想小张一上班就甩给自己一瓶可乐，自己还真没意识到这个问题。小亮对父亲有些理解了，进父亲办公室的时候，语气稍有缓和："马大局长，我知道错了，大早上不好买饮料……不过能不能通融一下，全区大会上作检查就算了吧？"

　　马局长并没有回答小亮，而是拿出两个玻璃杯，说："既然买来了，咱们把这可乐喝了吧。"说着，他给小亮倒了一杯。跑了一路，小亮也热坏了，端起杯子"咕咚咕咚"就喝完了，马局长也喝了一杯。

　　"怎么样？和你那天喝的可乐有啥不一样？"马局长问道。

　　小亮一听，再一回味，心中顿时大惊，对啊，那天喝的可乐，超级冰，简直像从冰箱里拿出来的一样，喝得很爽，可今天的可乐，因为骑着电动车带了一路，早就成常温甚至还带点热气的"热可乐"了，小亮心中充满了疑问。

　　"你想知道为什么吗？"马局长和蔼地说，"我先给你讲个故事。"马局长拉开抽屉，拿出一个朴素的木质盒子，打开后摊到小亮面前，只见盒子里用红布做底，放着一粒磨得有些发旧的金属扣子，马局长打开了话匣子……

　　原来，三十多年前，马局长的父亲时任江城市最大乡镇于孟镇的镇长，那时刚改革开放，于孟镇就抓住时机，大力发展经济，一时间成了明星乡镇，马镇长也成为最受瞩目的镇长。马镇长不仅能力强，人品也好，讲廉洁，从没拿过企业的一针一线，也不讲究吃穿，成天穿着一件老旧但整齐的中山装。那套中山装，是全国劳模大会上发的，马镇长也一直引以为傲。

那时候有个老板办了很多企业，逢年关，总要去乡镇"拜访"领导，可马镇长从没让他带着东西进过家门。那老板觉得不为领导做点什么心里不踏实，就挖空心思想做点什么。

有一天，他发现马镇长开全镇企业会的时候，中山装袖口上掉了一粒扣子，过了一两个月，也没有补上。这个老板就让人去调查，发现那件中山装是当时劳模大会定制的，尽管扣子不值钱，市场上却买不到。于是那个老板就安排下属去办这件事，两三个业务员跑了十几个省，最后才买来一粒一模一样的扣子。那时候一粒扣子才几分钱，老板拿给马镇长的时候，马镇长也没多想就收下了。

因为这粒扣子，老板和马镇长成了朋友，慢慢地，来看他时就会带些水果、茶叶之类的东西，后来又变成了几条烟、几瓶酒……再后来马镇长就受了处分，提前退休了。

受处分后，马镇长才知道，那粒扣子虽然只值几分钱，但老板为了买这粒扣子，光火车票就花了几千元，那时候镇长工资也才一百多元啊！所以后来马镇长也说，受到处分他一点都不冤枉，都怪自己没有坚持内心的信念，他把那粒扣子传给了马局长，就是要时刻提醒他。

马局长的故事讲得不长，但小亮却迟迟不能回过神来。

"你可知道，小张平常也是骑电动车来办事的，这么热的天，咋给你弄冰镇可乐？据我们调查，那是有一天，他们老板问：'审批科小亮有啥嗜好没？'小张说：'小亮没啥嗜好，但好像挺爱喝可乐的。'老板指示小张多和审批科搞好关系，平时'顺手'多送几瓶可乐，还把他的宝马车借给了小张。"

马局长突然严厉起来，继续说道："那天小张随手甩给你的冰镇可乐，是他在老板的安排下，提前买好，第二天又放在老板车上的车载冰箱里带过来的！要不然你以为你喝着能有那么爽？"

小亮蒙了，原来，看起来小小的一瓶可乐，竟然这么复杂！

"我父亲传给我一粒扣子提醒我，"马局长开玩笑道，"小亮，你儿子今年才三岁，你不会打算传给孩子一个可乐瓶子吧？"

"爸，你别说了，我知道错了。"小亮低下了头。

三天后，全区会议上，小亮作了深刻的检讨，马局长坐在台下，欣慰地看着儿子。

122

玉酒盅

方冠晴

谢鸣与何乐相恋两年，感情已水到渠成。两家人约在一家茶楼见面,商谈订婚的事。哪料到何乐爸爸一开口就说:"我侄女订婚时，男方给了二十万元的彩礼。现在我女儿订婚嘛，我们不多要，你们也给二十万元吧。"

谢鸣和父母都惊着了，一家三口面面相觑。当地订婚，有男方给女方彩礼的习惯，不过就是买点首饰，花费两三万元。二十万元，确实太多了。

谢鸣爸爸结结巴巴地说:"亲家，能不能少点，主要是我们现在⋯⋯"

何乐爸爸不高兴了："比我侄女订婚时彩礼少，我在亲戚面前没面子。你要是嫌多，那大家再想想，订婚的事，以后再说吧。"

订婚的事就这样搁下了。何乐很不高兴地对男友说："这哪是订婚？这是做生意，讨价还价。爱情败给了彩礼，没意思。"

何乐的话让谢鸣既尴尬又痛苦。不是他要讨价还价，实在是他家拿不出这么多钱来。他的父母都是农民，他在城里买房时，首付就掏光了父母所有的积蓄。谢鸣虽说是区环境监察大队的队长，但不贪不占，工资就那么多，每月还房贷都有压力。何乐家境好，一家都是城里人，爸爸当老师，妈妈当医生，他们当然不知道谢鸣的苦处。

谢鸣当然不希望爱情败给彩礼，他是真的爱何乐。可是二十万元，他到哪里去筹这笔钱呢？一连好多天，二十万元就像一座山，压得他喘不过气来。

这天晚上，谢鸣还在家里为钱的事犯愁，门铃响了。开门一看，是宏达皮具厂的叶老板。宏达皮具厂在谢鸣的监察大队监管范围内，上个月因为排污不达标，被谢鸣他们给查了，停产整顿。

叶老板还没等谢鸣反应过来，就从半开的门里硬挤进来，也不等人让座，自己在沙发上坐下来，从包里拿出一只朱红色的木盒子，很小心地摆在茶几上，赔着笑脸说："一点小意思，请队长笑纳。"

谢鸣有些生气。他不知道盒子里装的是什么，但无疑人家是来送礼的。他正色说："叶老板这是想害我犯错误？赶快将东西收起来，不然，我只能送客了。"

谢鸣义正词严，弄得叶老板有些尴尬，只得重新将那小木盒子装进包里，谦卑地说："我们厂停产整顿后，已经升级了污水处理系统，希望谢队长能让我们恢复生产。"

恢复生产并不是谢鸣一句话能说了算的，还得对厂家升级后的污水处理系统进行检测，看达不达标。谢鸣说明了这个情况，叶老板点头哈腰："那请队长帮帮忙，快点去我们厂检测吧，多拖一天就是一天的损失啊！"

谢鸣答应下来，送叶老板出门。等他返回客厅时，愣住了，那个朱红色的小木盒子躺在沙发的角落里。叶老板在与他说话的工夫，竟偷偷将木盒子留了下来，他居然没察觉到。谢鸣拿上小木盒子出门去追，人家早就没影儿了。

谢鸣忍不住好奇，还是打开了木盒子。盒子里一块红绒布裹着一只小酒盅，那酒盅晶莹剔透，竟是玉器。盒子里还有一张拍卖行的证书，证明这是明代玉酒盅，以三十二万元的价格竞拍成交。

三十二万元？看着手里的证书，再看看盒子里的玉酒盅，谢鸣的目光直了。

这天，谢鸣翻来覆去了一个晚上，睡不着。他迫切需要二十万元钱，这个玉酒盅价值三十二万元，就算便宜出手，二十万元还是卖得到的吧。那么，他与何乐的订婚礼，就成了。

但想到这，谢鸣的眼前就浮现出环境监察大队上一任队长戴着手铐、从办公室里被带走的模样，他吓得连连摇头。

第二天，谢鸣带着队员和技术部门的人一起去了宏达。趁着技术人员在给升级后的污水处理系统做检测，他去了老板办公室，将东西还给了叶老板。

宏达升级后的污水处理系统还不错，经过检测，各项指标都达标。两天后，监察大队给宏达下达了解除整顿恢复生产的通知。

自从订婚的事被搁下来后，何乐一直在跟谢鸣闹情绪。谢鸣想缓和两个人的关系，便约何乐晚上来家里吃饭。他特意买了花，熄了灯，点了蜡烛，整得很浪漫。眼瞧着女朋友的脸色由阴转晴，谁不识趣地在这时摁响了门铃。谢鸣有些不情愿，但还是去开了门，居然又是叶老板。

人家又硬挤进门来，看到屋内的烛光和氛围，知道来得不是时候，一边说着"打扰了打扰了"，一边从包里掏出那只朱红色的盒子放在茶几上，转身就往外走。

一看到那只盒子，谢鸣气不打一处来，一把拽住叶老板胳膊，要他将东西拿走。叶老板点头哈腰："因为你的帮助，我们厂恢复生产了，我就是来表示一下感谢。"

谢鸣郑重地说："你们厂停业整顿也好，恢复生产也好，我都是照章办事，这里面没有什么帮助不帮助的事，所以，也就不存在感谢。东西你拿走。"

两个人在推拉的过程中，何乐已经好奇地打开了那只盒子，她看到盒子里的酒盅和证书，目光都直了。她让叶老板在沙发上就座，转身将谢鸣拉进房间，关上门，压抑着兴奋的声音，问："三十多万元的东西，你干吗要人家拿走？你是不想与我订婚吗？"

谢鸣哭笑不得："这是受贿，是犯法的，你懂吗？"

何乐微微摇头："但我觉得没风险，你帮了人家。听人说，拿钱办了事就没风险，拿了钱不办事才有风险。"

"我根本没帮人家，我是照章办事。"

"但人家认为你帮了他呀，他这么认为，自然不会向外说。有些东西是收不得，但这个，我觉得，收得。"

谢鸣没料到何乐会这样，他失望地说："我的上一任进去了，你知道我去探望他时，他怎么跟我说的吗？他说，贪念只要开了头就收不住，有了第一次，就会有第二次……"

何乐说："就收这一次，拿来做彩礼应个急。"

谢鸣坚决摇头。

何乐恼了："这么说，你就是不想与我订婚呗！"她一摔门，走了。

谢鸣望着何乐冲出门外，他想去追，但终究也没去追。他痛苦地用双手抹着脸，不知道该怎么办。他看到叶老板仍坐在客厅的沙发上，气不打一处来，都是这个家伙给闹的！他将那只朱红色的木盒子塞进叶老板怀里，大吼起来："拿上你的东西，滚！再来做这种下作的事，别怪我不客气！"他将叶老板轰了出去。

第二天，谢鸣给何乐打电话，希望见个面当面解释解释。何乐淡淡地说："要彩礼的是我爸，你晚上上我家，向我爸解释吧。"

这一整天，谢鸣忐忑不安，但事情终究还是要面对。

挨到晚上，谢鸣还是去了何家。敲开门，他愣住了，何乐的爸爸妈妈在家，他的爸爸妈妈也在，饭厅里摆着一桌丰盛的酒菜。

何乐一改先前的态度，笑吟吟地拉谢鸣入座。何爸爸举起酒杯，对谢鸣的爸爸妈妈说："喝了这杯酒，我们就是儿女亲家了。这顿饭，就算两个孩子的订婚宴。"

订婚宴？谢鸣蒙了，结结巴巴地说："可是彩礼……"

何爸爸认真地说："我需要的彩礼，你已经给我了。"说着话，他从桌子底下拿出一只朱红色的木盒，打开盒子，那只晶莹剔透的玉酒盅赫然展现在大家面前。

谢鸣吓了一大跳："叶老板还真不死心，居然将礼物送到您这儿来了？"

何爸爸哈哈大笑："什么叶老板送来的礼物？这本来就是我的东西呀！"

"您的？"

"对呀，你所说的叶老板，他是我的学生。我只是委托他对你做了几次测试。都说有贪念的人当了官，那就是高危职业，我要将女儿交给你，当然得知道你高不高危，可不可靠。"

谢鸣好半天才转过弯来，他看向何乐，迟疑地问："你劝我收下这酒盅，也是在演戏？"

何乐笑起来："不然呢？你以为我是那么贪的人吗？我只是配合叶老板，给你创设一种贪官可能遇到的场景罢了。"

谢鸣后怕得直抚胸口，问："你们就不怕我真的将东西收下了？"

129

何爸爸说："收下了，就没有这个订婚宴了。"

"可您就损失了三十二万元呀。拿这么贵重的东西做测试，就不怕……"

"什么三十二万元！"何爸爸拿起玉酒盅放到谢鸣面前，"七十八元在地摊上买的，再花三元做了个假证书，总共八十一元。收下吧，给你的订婚彩礼！"

一屋子的人都哈哈大笑起来。谢鸣也笑了，他守住了底线，也就保住了爱情。

携手话廉 河清海晏

风清则气正，气正则心齐，心齐则事成。

棋　盘

戚旭旻

潜龙镇有一条老街，街两侧种着梧桐树，树龄都快百年了。这天晚上，突然响起一声冬雷，不偏不倚，劈中了街角的一棵梧桐树，树冠毁坏了一大半。幸亏是在深夜，掉下来的树冠只是砸中了一小段屋檐。

第二天，就有人报告居委会马主任。马主任最近忙于写年终总结，听说没伤着人，也就没放在心上。他指示平时负责绿化的金木匠，让他处理一下。

金木匠接到任务后，熟门熟路爬上树，由上往下一段一段地锯，锯到最后，只剩下近一米的树桩了，他放下工具，躲到一边抽烟去了。

就在这时，只听人群中看热闹的雷老板，大声喊道："老金头，你快过来看！这树桩有名堂……"

金木匠过来一看，惊呆了：原来，树桩上面的年轮纵横有度，就像一副天然的象棋棋盘！

这潜龙镇是个象棋小镇，人人喜欢下象棋，连三岁的孩子也认得车马炮。雷老板的杂货铺就开在街角，他平时酷爱下象棋，在店门口支了个棋盘，聚拢了很多棋友，金木匠也是其中之一。

现场围观砍树的人中，很多都是棋友，大伙都提议保留这个树桩。金木匠拍着胸脯自荐道："我来把这个树桩雕成一个棋桌！再挑两段粗的树段，做两只实心的圆凳。"

没过多久，金木匠的活计收尾了，棋友们一看都连连赞叹：这棋桌、棋凳都是同工同料，浑然一体。再看这树桩棋盘，中间的格子是沿着天然的梧桐树年轮阴刻而成，左右两侧分别阳刻着金凤起舞和龙翔九天的图案，两边靠手的地方用薄意雕法铭上了祥云。这真是一件无价之宝啊！

不过，很快就有棋友发现，棋盘中间的楚河汉界分得太开了，中间留出了一大块空地方。金木匠笑着说："应该给棋盘起个名字，我不敢自作主张，请大家一起斟酌斟酌。"

一时间，老街上热闹了起来。没过多久，两个名字脱颖而出，一个是金木匠提议的，叫"金凤棋盘"；另一个是由雷老板提议的，叫"雷公棋盘"。

金木匠说："老话说，凤凰栖梧桐，这棋桌、棋凳和棋子都是梧桐木的，叫金凤比较在理。"

雷老板反驳道："这棋盘是因为雷击了这棵梧桐树才有的，我看应该叫雷公这个名字。"

其实，两个人都有一点私心，都想让这棋盘跟着自己姓。棋友呢，觉得双方说得都有道理，正左右为难，雷老板的小孙子挤进人群，跳到了雷老板的腿上，说："爷爷，我上的小学叫潜龙学校，这棋盘就叫潜龙棋盘吧！"

大家一听，都连连称好。

金木匠立马拿出刻刀和木槌，在棋盘中间刻下了四个字："潜龙棋盘"。

就这样，潜龙棋盘的故事越传越神奇，名气越来越大，竟成了网红打卡之地。马主任也跑来几次，在他的鼓动下，这天，潜龙镇的龙镇长也来了，后面乌泱泱地跟着一群人，又是拍照又是摄像的。

龙镇长盯着棋盘，好一会儿，若有所思地说："我们潜龙镇是有名的象棋小镇，为了提升我们镇的品牌形象，这个棋盘，我建议作为我们镇的地标。"

马主任连连点头称是，觉得自己的年终总结，现在有亮点了。

临走时，龙镇长把马主任叫到一边，强调道："'潜龙'一词，来源于《易经》。不过，龙总是潜在水下不好，酒香也怕巷子深嘛。建议改动一个字，叫'飞龙'如何？也是《易经》上的。"

马主任思忖道：为什么镇长这么在意改名字呢？突然，他联想到这么多年，龙镇长一直没得到提拔，不就是"潜龙勿用"吗？而飞龙就不一样了，那是"飞龙在天"啊！想到此，他连忙附和道："飞龙好，这名字改得响亮！"

大伙却都摇摇头，"潜龙"是小镇的名字，这名字叫了几百年了，有什么不好？雷老板表示坚决反对，说道："我天天看着棋盘，看谁敢动它！"

过了几天，马主任又来了，看棋盘还没有改名字，就知道是雷老板在跟他唱反调。他心生一计，向雷老板下挑战书，下棋赌输赢。他输了，棋盘名字照旧；要是他赢了，立马改名字。一局定胜负！

金木匠叹了口气，说道："雷老弟，算了吧，马主任是他们工会棋赛的常胜将军，这棋盘的名字，改就改了吧！"

雷老板看着马主任不怀好意的笑脸，气不打一处来，他一咬牙一跺脚，说道："老金头，我拼一盘，你来给我们当裁判！"

很快，到了马主任和雷老板赌棋的那天，整条街的棋友都拥了过来，里三层外三层地将他们围了个水泄不通。这金木匠，本来心里还有些担心，可看着看着，越看越欢喜，因为他发现，这雷老板竟然和马主任杀了个旗鼓相当。

这到底是怎么回事呢？

原来，这段时间来这儿下棋的人是络绎不绝，也不乏外地慕名而来的高手。雷老板守着棋盘，不是下棋，就是观棋，不知不觉中棋艺竟然突飞猛进了。再加上被马主任一激，雷老板是如有神助。

马主任刚开始也没有把雷老板放在眼里，可慢慢地，他是越下越心惊，眼看雷老板的棋风是稳如磐石，棋路是攻守兼备，步步险招。马主任以为能够中盘速胜，没想到，竟然下到了残局，这个象棋残局最考验棋手的算力，大伙都为雷老板暗暗地加油。没想到的是，两人没杀上十个来回，马主任竟"一招致命"，他笑道："承让了！各位，愿赌服输！抓紧时间把棋盘的名字改好，我三天后来验收。"

马主任说完正要起身，正在这个时候，雷老板的小孙子指着马主任的耳朵说道："爷爷快看，他耳朵里有个东西。"

金木匠就站在马主任身后观棋，立马一把揪下了马主任头上的帽子，一个无线耳机掉了下来。

金木匠生气地说道："我还正奇怪呢，你马主任今天怎么戴个帽子？"

原来，马主任安排人混在观棋的人群中，用无线耳机跟幕后的高手保持通话，一开始他还恃才傲物，没看上软件。下残局时，却派上了大用场。可马主任哪肯承认，眼看文的不行，就要来武的，他气势汹汹地大声嚷嚷道："这树桩是集体财产，我有权代表居委会，限三天之内，把这棋盘名给改了！"

这下，棋友们都傻眼了。

事有凑巧，当天晚上，天空又响起一串炸雷。雷老板次日一早照例去开店，发现棋盘那儿围着一堆人，闹哄哄的。他连忙挤进去一看，发现棋盘竟被连根挖掉了，只剩下一堆木屑……

听到消息后，龙镇长和马主任也都赶了过来。龙镇长上前拨开木屑，发现残留的树根上面有很多痕迹。马主任咬着牙，说一定要调查清楚到底是谁干的，却被龙镇长制止了。龙镇长指着土坑，对马主任说："这是什么？"

"好像是用锯子锯的。"

"那个呢？"

"好像是刀砍的。"

"你再看看这是什么？"

马主任拿起来一看，上面竟然还插着一个小汤勺，难道连孩子也参与了"挖根"行动？想到此，他不禁倒吸了一口凉气……

我叫无原则

徐树建

　　黄健华是个公务员，最近被派到新华村任第一书记。没过几天，黄健华就发现村委班子里有个人很有趣，大伙都叫他吴原则。这当然不是本名，因为他姓吴，讲起原则来一板一眼，所以大伙都叫他"吴原则"；可有时他又嘻嘻哈哈的，不讲原则，所以又叫他"无原则"。

　　这天，村里发生了一件事：一东一西两户人家，东边人家的鸡吃了西边人家菜园里的青菜，因为是屡犯，西家一气之下打死了东家的鸡。东家炸了毛，告到村委会。

　　黄健华正觉头疼，吴原则说了声"这事我来处理"，当即来到东家，拎起那只死鸡，说："晚上到我家吃饭。"他又来到西家说："晚上到我家吃饭，记得带瓶酒。"吴原则是村干部，他请人吃饭，两家自然痛快答应。

到了晚上，东家先来到吴原则家，发现鸡已煨好，桌上还摆着好多菜，当即高高兴兴坐下，就在这时又进来一人，是提着一瓶好酒的西家。西家一见东家也在，掉头就走，吴原则早反锁上门，虎着脸说："我今天想喝酒，不要扫我的兴，天大的仇等喝过酒再说，给不给我这个面子？"

两人只得板着脸坐下，吴原则一指桌上："鸡是东家的，酒是西家的，其他菜是我的。我们仨这叫打平伙喝酒，谁也不讨谁便宜，开吃！"

三人埋头吃菜喝酒，气氛十分沉闷：东家起先不肯喝酒，因为酒是西家的，但尝了一小口后发现酒很好，不喝白不喝，喝他的酒就当弥补死鸡的损失，所以就大口喝开了；西家先是不肯吃鸡，因为鸡是东家的，但看到东家喝他的酒，立即伸筷子夹鸡，心说你能喝我的酒，我就能吃你的鸡。喝着喝着，酒劲上来，两人原本紧绷的脸不知不觉就松了。

吴原则忽然长叹一声："相处这么多年了，像亲兄弟一样，竟然为了一只鸡翻脸，想想真是不值得。"

那两人顿时脸有愧色，东家心说是西家动手打死我的鸡的，正寻思要说这话，吴原则哪容他开口，一旦他开口西家肯定反驳，说是你家鸡先吃我家菜的，那就没个完了，他立即一指西家："身上有钱没？"

西家一愣："什么意思？"

吴原则一瞪眼："赔人家一点钱啊。人家鸡只不过啄了你几棵菜，你就动粗，赔点钱不算过分吧？没钱我垫！再说你家菜园没有围网，难保鸡不跑进去啊！即使今天他家的鸡不进来，明天也会有别家的鸡进去啊。"

东家听了满脸通红，一半是酒劲上涌，一半算是气出了，嚷道："算了算了，一只鸡也不值多少钱，再说这瓶酒更贵，赔什么赔？"西家脸更红，声音更大："不，要赔！是我过分了，对不起！"

吴原则趁势端起酒："来，干了这杯酒，我们还是好邻居，好不好？"那两人一起喊："好！"一仰头干了。

这事就这么解决了，黄健华听完瞪大了眼："真的吗？太高明了！可是，你这做法叫和稀泥，无原则！"吴原则笑嘻嘻地一挺胸脯："到！"

到了夏天，村里又出了一件事。今年雨水特少，稻田灌溉用水十分紧张，上游的一户人家在小沟里的水流经他家稻田时，堵上了水沟。这么一来他家田里倒是有水了，下游人

142

家的稻田却干得不像样。两家顿时闹了起来。

就在这时，上游人家的孩子接到大学录取通知书，因为他家经济困难，除了村里拿出一笔钱，黄健华还号召全村为他家捐款。吴原则拿着捐款明细表，来到那户下游人家，说："情况我就不多说了，你看，是不是表示一下？"

下游人家差点蹦起来："他家断了我家稻田的水，还让我捐款？你当我傻子？"

吴原则一脸严肃："首先声明一点，捐款出于自愿，没人逼你；其次，如果你不捐，你还真是个傻子，大傻子！"

下游人家听了一脸迷茫，吴原则说："你跟他家大人有嫌隙，跟孩子也有吗？我们农村出一个大学生容易吗？如果因为没钱，我们村的孩子上不了大学，往小了说是害孩子一辈子，往大了说是害国家少一个人才，你扪心自问，真的没有愧疚感吗？"

一语惊醒梦中人，下游人家一脸惭愧道："是啊，我跟孩子生什么气？那孩子平时见了我就喊叔叔，特别有礼貌，我这当长辈的差点失了礼数。"说完，他爽快地捐了 800 块。

吴原则马上来到上游人家，递上捐款明细表和钱，佯装无意地说："那户人家捐了 800 块，说你家孩子是个好孩子，他是看着你家孩子长大的，打心眼里欢喜……"

话没说完，上游人家的女人眼圈就红了，朝男人嚷道："你看看你做的事！非要断人家水，人家这么对我家孩子，你说得过去吗？"

那男人面红耳赤道："我、我这就上他家赔礼道歉，立即放水！"

这事又解决了，黄健华听完，朝吴原则一竖大拇指："吴原则，你虽然无原则，但自有过人之处，厉害！"

吴原则还是一副嘻嘻哈哈的样子："不是我厉害，人心都是肉做的，懂这点就行。"

这两件事一处理，他在黄健华心中"无原则"的形象算是牢牢固定了，直到发生了这么一件事。

村里老李头早上放羊时一只不少，晚上羊回圈时一数，少了一只，那可是一只成年羊，很值钱。他想起放羊时，自家羊群跟村东头张老倔的羊群碰头了，现在少了一只，肯定是混到张老倔羊群里了。可那张老倔爱贪小便宜是出了名的，嘴皮子又厉害得很，所以老李头只好请村里出面。

吴原则拍拍对方的肩，说："叔，这事包在我身上，三天之内不帮你要回来，我赔你！"

老李头一走，黄健华说："老吴，你以前处理事情总爱和稀泥，为了息事宁人甚至不惜倒贴钱，这回肯定是你掏钱买只羊赔给老李头，对吧？"

不料，吴原则摇摇头，严肃地说："这回不同，以前是小事，无关原则，所以可以和稀泥；这回是原则问题，一只成年羊上千块，如果就这么稀里糊涂放过去，那是助长不良风气。为避免夜长梦多，我们立即行动，先来招敲山震虎！"

两人当即来到村东头张老倔家，吴原则笑呵呵地说："老倔叔，黄书记关心你家致富情况，想了解一下你家今年养了多少只羊。"张老倔说："98 只。"

黄健华接过话头："不对，老倔叔，我听说你家羊只有97 只，怎么多了一只？"

吴原则若有所思道："对啊，黄书记这么一说我也想起来了，前几天村里统计时说你家羊是 97 只哩，难道统计数字错了？"

张老倔有点慌张："肯定是统计数字错了。"吴原则没再说什么，和黄健华走了。

到了第二天凌晨 4 点，整个村庄还在沉睡，张老倔却牵着一只羊悄悄走了出来。当他走到村口时，身后突然有人叫他："老倔叔，一大早这是干吗去啊？"

张老倔一哆嗦，回头一看，黄健华和吴原则笑嘻嘻地站在他背后。张老倔一下子结巴了："我我我……赶早市卖羊去。"

吴原则走过去，一边抚着羊一边直咂嘴："啧啧啧，这羊还没完全长成你就要卖？亏大了，真舍得！这样好了，与其跑那么远到集市上卖，不如卖给我们好了，多少钱你开个价。"

张老倔脸上的表情像哭又像笑："你你你……你们说得对，现在卖羊可亏了，我不卖了。"

望着他回去的背影，吴原则说："现在可以确定，他要卖的羊就是老李头的。张老倔这下已完全清楚我们在怀疑他，不过他这人倔得很，不会轻易服输的，和他之间还要再战！"

中午时分，两人趁热打铁，再次来到张老倔家，张老倔一见他俩来，脸上就是一惊。

吴原则大大咧咧地说："老倔叔，我们这次来是想关心一下你儿子娶亲的事，我突然想起来，你那未来的亲家还是我同学哩，要不要我帮着说说好话？"

此话一出，精准点中张老倔的命门，张老倔脸上立马现出讨好的样子，说："那敢情好啊，你也知道，我儿子岁数不小了，可女方一直磕磕绊绊的，不顺溜，不知道是不是嫌彩礼少。"

吴原则一摆手："不，你不了解我那老同学，他人很痛快的，对钱财一点也不看重，只看重一点……"

吴原则故意停顿，张老倔急问："看重什么？"

吴原则一字一顿道："人品！我那老同学跟你一样是个倔脾气，以前有人到他家说媒，人家那条件可比你家强多了，可当他听说那家人以前干过坏事，他立马翻脸，谈也不谈！"

两人走后，张老倔那张脸一阵红一阵白的。

第二大一大早，黄健华和吴原则刚到村委会，赫然发现门口大槐树上拴着一只羊。

吴原则立即叫来老李头："叔，羊被我们找着了！你说巧不巧，我和黄书记在山里转悠时，刚好看到这羊在沟里困着。叔，这事就算了结了，不要瞎怀疑别人了。"

老李头笑得合不拢嘴："是的是的，这羊就是我家的，以后我不瞎咧咧了。"

望着老李头牵着羊走远，黄健华佩服地拍了拍吴原则的肩……

我的汽车你做主

蒋诗经

陈木是个汽车修理工。这次疫情来袭，老板安排他一人留在店内值守。老板临走时，叮咛陈木一定要看护好店里的财物，尤其是那几辆已经修好、客户却还没来得及取走的车。

靠着准备好的物资，陈木在店里平静地度过了几天。解封的第一天，傍晚时分，陈木从街上买了些生活用品往回走，刚跨进店门，只听见门口传来"哎哟"一声，一个老大爷突然直挺挺地摔倒在地。陈木赶紧上前查看，见老大爷脸色苍白，已经没有了意识。

救还是不救？陈木抬头看了一眼店门口的监控摄像头，

知道自己不会被冤枉，就下定了决心。他担心刚解封救护车不好叫，索性将老人抱上了店里的一辆车，自己直接向医院开去。

到了医院，陈木将老人送进急诊室，正想离开，一个护士走了出来。她对陈木说，老人颅内出血，需要马上手术，但老人身上没有手机，也没有身份证，开通做手术的绿色通道，需要先交三万元押金。老人是陈木送来的，这钱只能由他交了，而且手术单上还得陈木签字。

陈木一听就蒙了，自己只是个打工的，一下子哪里拿得出三万块钱？可他又不忍心见死不救。情急之下，陈木灵机一动，从兜里掏出车钥匙，指着窗外停车场上的车，说："救人要紧，要不，把我的车押在这儿吧！"

护士有些为难，这时，一个穿白大褂的医生匆匆走了出来，问怎么还没签字。护士简单说明了情况，医生听完，看了一眼窗外的停车场，又上下打量了一下陈木，说："你的意思是，把你的车押在这里，再去取钱，然后来赎车？"

陈木硬着头皮点点头，他把自己开来的车指给医生看，说："我这车可不差，怎么说也值个几十万吧！"但陈木还是留了个心眼，他说自己并不认识老人，垫钱可以，做手术的字可不能签。

医生接过陈木的车钥匙，看了一眼，放进口袋，什么话也没说，就转身向急诊室走去，一边走一边吩咐道："立即手术。"

护士跟在医生身后，小声地嘀咕了一句："刘主任，那手术的字谁来签？"

刘主任的步伐并没有停止，毫不犹豫地回答道："我签。"

陈木听到了，心里涌起一股敬佩之情，反而感觉自己有点小家子气了。

事情暂时解决了，但让陈木头疼的是，接下来他去哪儿找三万块钱把车赎回来？明天老板就要回店里了，如果发现他私自将客户的车开了出去，还抵押在医院，他的这份工作可就难保了。

回去的一路上，陈木打了好几个电话，只借到了一万块，剩下的还没有着落。等回到店里已是深夜了，刚一开灯，陈木就吓得一哆嗦，只见老板正铁青着脸坐在那儿。还没等陈木说话，老板劈头盖脸地就问了一句："车呢？"

陈木一听老板的口气，就知道坏了。与其遮遮掩掩，不如实话实说，于是，他将发生的事一五一十地说了一遍。说完，他指着监控道："不信，你可以看监控。"

老板板着脸摆了摆手，说："我早就看过了，也知道你没撒谎。我问你，三万块钱你准备好了吗？"陈木低下头，嗫嚅着说只借到了一万。

老板狠狠地瞪了陈木一眼，说："如今这情况，大家都不容易，你就不要向别人借了，我转三万块钱给你，明天一早就给我把车取回来。耽误了客户取车，你就给我卷铺盖滚……"说到这里，老板突然停了下来，自嘲地笑了笑，"你小子，就算为了这三万块钱，我暂时也不能开除你。但我告诉你，这钱你要是追不回来，我可要从你工资里扣。"说完，老板挥了挥手，起身离开了。

陈木想着老板刚才故作凶狠的模样，不禁笑出了声，忍不住在心里顶了一句："假如我救的是你老丈人，哼，看你该怎么感激我吧！"当然，陈木知道，不会有这样的巧合。

第二天一大早,陈木来到医院,准备先补交老人的手术费。一个护士告诉陈木，老人的手术很成功，他的家人也已经找到了，费用都交过了。陈木一听，压在心中的石头终于落了下来，现在只要取回车子，就一切圆满了。

那护士又说，刘主任昨晚加班做手术，今天可能会来得迟一点。陈木想起昨天把车钥匙交给了刘主任，看来只能等等了。陈木想着，无意间向窗外的停车场望去，奇怪，停车场里，自己开来的车子怎么不见了？

陈木连忙来到停车场，在里面绕了一圈，也没看见要找的车。他再一寻思，车肯定是被刘主任私自开走了。想到这里，陈木不由得有点生气，这个刘主任，这事做得可不地道啊！

正在这时，一个中年人飞奔过来，一把握住陈木的手，不停地说着"谢谢"。陈木一问，才知道中年人就是老人的儿子，他从护士那里得知陈木来医院了，连忙赶了过来。中年人说着，从兜里掏出一叠钱，一个劲地往陈木手里塞，说是感谢费。

陈木哪里肯要，两人正在拉扯间，刘主任开着车停在了两人身边。陈木一看，果然，刘主任开的是自己店里的车。

陈木灵机一动，指着车对中年人说："你看看，我开着这样的车，会在乎你这点感谢费？你还是快回去照顾老爷子吧！"

中年人感动得不知道说什么好了，憋了半天，憋出来一句话："该着您能开好车啊！"接着，他就千恩万谢地离开了。

陈木从刘主任的手里取回了车钥匙，没忘记数落一句："刘主任，不是我批评你，我的车只是押在你这儿，你怎么能随便开呢？这要是弄坏了，责任算谁的？"

刘主任也不生气，笑着说道："昨天加班晚了，图个方便。"

陈木想想，就没再说什么。昨晚刘主任主动为病人签字，是个好人，自己再计较就太小气了。他把这意思说了，刘主任听了笑道："没什么，在手术无人签字的情况下，我们医生的正确决定是受法律保护的。"

152

开车出了医院，陈木喜滋滋地向老板汇报，车拿回来了。老板很满意，并告诉陈木，疫情期间，店里决定推出"修好车送到家"的服务，等会儿他就联系车主，让陈木直接将车送过去。

不一会儿，老板发来了车主的地址和电话。看到地址和姓名，陈木的心里就有些犯嘀咕，等他把车开到车主那儿，见到了车主时，简直恨不得能找个地缝钻进去。原来，车主不是别人，正是医院的刘主任。

刘主任接过钥匙，依旧笑嘻嘻地看着陈木。陈木脸上一阵阵地发烧，问："刘主任，为什么我拿你的车做抵押，你也不反对？而且，刚才我又撒了谎，还责怪了你，你也没揭穿我……"

刘主任笑着说："我看出来了，你那都是善意的谎言，都不是为了自己。我知道你是个好人，好人不该受委屈。我们这个社会，不仅需要好人，更需要给大家做好人的底气。"

陈木的眼眶有点发热，如果不是刘主任、老板、老人的家属都给了他做好人的底气，他下次还有勇气做这样的好事吗？

看着刘主任离去的背影，陈木由衷地感叹道："刘主任啊，您才是个真正的好人，该着您能开好车！"

一只螃蟹几条腿

任黎明

廖磊在川建集团找了份开车的活，没想到上班没多久，集团李总竟然点名廖磊当他的专职司机。

廖磊觉得李总是大领导，自己的一言一行都要让他满意，自从给他当了司机，每天都很紧张。

一天，李总和廖磊在车上闲聊，得知他的孩子在老家上幼儿园大班，就对他说："咱们集团有自己的幼儿园，单位有补贴，你把孩子转过来吧！"

就这样，在李总的帮助下，廖磊把儿子小逊转到了川建幼儿园。又一件让他没想到的事是，小逊和李总的儿子李想在一个班。小逊每天上学前，廖磊都会叮嘱儿子："凡事要让着李想，不能惹他不高兴，不能跟他吵架。"

小逊不解地问："为什么？"

廖磊说："别问那么多，记住就对了。"

因为转学的事儿，廖磊总想送李总一点礼物，可送什么成了一道难题。周末，他路过水产品市场，想到现在正是吃螃蟹的好时节，心中一下子有了主意。他找到一家最好的大闸蟹专卖店，挑了几只最大最贵的大闸蟹。

廖磊提着大闸蟹回到家，小逊围上来，高兴得拍手大叫："螃蟹！奶奶你快来看大螃蟹！"

廖磊的母亲接过螃蟹，诧异地说："大闸蟹？这蟹可贵了。"

小逊一听，兴奋地摸着蟹，说："我要吃！"

廖磊说："别动！这不是给你吃的，我马上要拿去送人。"说完，他催促母亲找个好看的袋子把螃蟹装一装，自己进里屋换衣服去了。

廖磊提着大闸蟹来到了李总家，李总夫妻有事外出了。省了当面送礼的尴尬，廖磊心中暗喜，他把大闸蟹往他们家阿姨手里一塞，简单说了几句就回家了。

第二天，廖磊仍旧给李总开车，李总对大闸蟹的事只字未提。廖磊想，在李总眼里，几只大闸蟹太微不足道了，那可花了自己好几百元呢！

中午，廖磊接到幼儿园老师打来的电话，说小逊在幼儿园被同学推了一把，头撞在桌子角上，鼓了一个大包，让他去一趟。廖磊又急又气，正要打电话请假，李总走过来拉开了车门。李总说："老师打电话说，李想把一个小朋友头上弄了个包，走，送我去看看。"

廖磊一听这话，心中的急呀气呀全压了下去，他说："没事没事，不用去了，老师也给我打电话了，那个小朋友是小逊。没事的，不用去了！"

李总摆摆手："咱还是去看看，该怎么处理怎么处理。"

廖磊不敢违拗领导，只好开车去了幼儿园。一见到爸爸，小逊就委屈地哭起来，他指着李想大声说："爸爸，他推我！"李想也大声反驳："是你先推的我！"

老师说了情况，俩孩子原本在一起玩，玩着玩着，为"一只螃蟹有几条腿"的问题发生了争执，小逊争不过，推了李想一把，李想回推，小逊的头就撞到了桌子上。

廖磊顾不上看孩子的伤，立马对孩子说："是你先动手，你不对，赶紧跟李想道歉！"

小逊一听，哭得更大声了，说："是他不对，说一只螃蟹七条腿，我纠正他，他不听，还和我吵。"

李想毫不相让：“就是七条！”

“八条！”

两个孩子像两只斗鸡，瞪圆眼睛又开始吵起来。

“爸爸，螃蟹到底有几条腿？”小逊把目光投向父亲。

“叔叔，是七条，我昨天数过的！”李想也向廖磊求证。

廖磊憋了半天，说：“七八条吧……”

李总皱着眉，意味深长地看了廖磊一眼，说：“先去医院，去完医院，咱们一起去菜市场数一数，螃蟹到底有几条腿。”

廖磊表示不用去医院，李总却牵着俩孩子上了车。从职工医院出来，孩子们欢呼雀跃地去了菜市场，早忘了刚才的争吵。李总买了一只大闸蟹，解开绳索，抓在手里，让孩子们数起来。

“一、二、三、四……”俩孩子认真地数着，数到最后，小逊笑了，李想哭了。

李总对儿子说：“你看，螃蟹是八条腿，今天你说得不对，做得也不对，你得向小逊道歉。”小逊也在旁边说：“对，你得跟我说句‘对不起’。”

廖磊拉了儿子一把，说：“没事，咱回去吧。”

这下轮到李想“哇哇”大哭了，他边哭边说：“就是有七条腿的螃蟹！咱家就有，我带你回去看。”

157

"咱家什么时候有螃蟹？"李总问。

"昨天你们没回家，张姨接我上完钢琴课，我看见水池子里有螃蟹，她捞了一只让我玩，我自己数了好几遍呢。"李想答道。

"走，一起去看看！"李总说。

廖磊想，原来李总还不知道我送大闸蟹的事呢！昨天那几只可都是自己精挑细选的，只只个大腿粗，根本不是那种缺胳膊少腿的蟹，得去看看再说。

李想回到家，见到阿姨，第一句话就问："张姨，昨天我玩的那只螃蟹呢？"阿姨带着大家去了厨房，她把那只螃蟹提溜在手里，个大腿粗，但一边只有三条腿。

"一、二、三、四……"两个小朋友又数起来。数着数着，李想笑了："你们看，它只有七条腿！"

李总也笑了，他指着大闸蟹说："儿子，我真高兴你没有撒谎。是这只螃蟹断了一条腿。"俩孩子凑近仔细看了起来。

李总问阿姨："这蟹哪来的？"

阿姨一指廖磊，说："不就是他昨天拎过来的吗？"

廖磊满脸通红，不好意思地说："对不起李总，我只是想感谢你帮小逊转学，没想到送了只少了腿的螃蟹，弄出今天这一摊子事来，都是我的错，我道歉……"

这时，站在一旁的小逊说话了："爸爸，原来你昨天买的螃蟹是送李想的，不是你的错，是我错了。"

小逊告诉大家，昨天爸爸买了螃蟹回家，说是送人的。可小逊很想尝尝大闸蟹是什么味，就趁奶奶去找袋子，把其中一只大闸蟹没捆好的一条腿偷偷给掰下来了。奶奶回来时发现了，怕小逊挨爸爸揍，悄悄把那只断腿的螃蟹塞到了袋子最下面。

接着，小逊语出惊人："早知道是送李想的螃蟹，我就扒四条腿了。"

"为什么？"李总问道。

"我和李想不是好朋友吗？好朋友就应该分享。一人一半，你愿意吗？"

"我愿意！"李想大声说道。

李总"哈哈"大笑，把手一挥，说："今天咱们就一起分享！"说完，他让阿姨将大闸蟹全部拿去蒸了。廖磊慌忙推辞，小逊却欢呼雀跃。

孩子们去玩了，李总对廖磊说："你呀，当初选你做司机，是因为你心细，我见你每次开车前都会检查车况，车里也弄得特别干净。可后来啊，我发现你太谨小慎微了，从不抬头挺胸，对我更是曲意逢迎。一只螃蟹八条腿你不知道？我要的是一个能辨曲直的司机，我也希望李想身边有一个真诚正直的朋友。"

李总一番话触动了廖磊。廖磊的确活得太累了，他不想儿子也这样唯唯诺诺地活着。

那天，廖磊主动和李总挨着坐在一起，吃了顿清蒸大闸蟹。他们一边为孩子们拆螃蟹，一边说说笑笑，这是廖磊以前想都不敢想的事情。席间，他拿起一只螃蟹，高兴地对孩子们说："瞧，一只螃蟹八条腿……"

三退礼

宁莎鸥

翟建设是个书画爱好者,朋友圈里有不少文人墨客。这天,同好陈愈发带来一幅字画请他鉴赏。

翟建设展开字画一看,不禁啧啧称奇。这是一幅"仲夏睡荷图",画上荷叶栩栩如生,荷花将开未开,全卷无一个"夏"字,却满是夏意,好画啊!翟建设问道:"这是名家张大师的手笔吧?"

陈愈发一拍大腿,大呼·"好眼力!"他看了一眼翟建设的表情,又补充道,"你要是喜欢,留着多看几天?"

这话里有话呀!翟建设心里打起了鼓。话说翟建设是一所知名中学的校长，陈愈发呢，是个企业老板，钱是不少，无奈儿子读书不太行。最近两人谈话间，陈愈发多次暗示说儿子小涛要升高中了，能不能请翟建设帮忙把儿子弄到他们学校去。翟建设一直没接话茬，只怕对方现在是醉翁之意不在酒！

翟建设略一思量，打定主意道："别，君子不夺人所好。"

陈愈发不肯罢休："我也是附庸风雅，宝剑嘛，当然赠英雄！"

两人推来推去，画都差点被扯破了。由于地上潮湿，陈愈发脚底一滑，翟建设见了，心生一计。

"哎哟，小心！"翟建设语带双关地说道，"陈哥，你看我家住一楼，湿气太重，这么好的画放我这儿不好保存，比不得你那小高层啊！这样吧，画还是放你那儿，我眼馋了去看两眼，你看怎么样？"

话都说到这份上了，陈愈发也觉得今天没戏，悻悻走了。

翟建设原以为这事就算过了，哪想到横生波澜。他的妻子邓丽是一家首饰品牌店的店长，这天，她下班回家，对翟建设抱怨，说前些天，陈愈发花重金在店里买了一枚大钻戒。当时他说赶着出远门，怕弄丢，便把戒指寄存在店里，可这都大半月过去了，没见他来取，电话也不接。

翟建设一听，气不打一处来：好个陈愈发，倒是会"曲线救国"！他赶紧跟妻子分析了前因后果，还下了死命令：钻戒非得退回去不可。邓丽生意没做成，倒接了个烫手山芋，一肚子憋屈。

没想到几天后的一个中午，大救星出现——陈愈发的夫人来逛邓丽工作的首饰店了，邓丽赶紧旁敲侧击地打听："老公怎么没来呢？"

陈夫人说道："我们家那口子，别提了，他哪顾得上我？连我们的结婚纪念日，他也忙得没影。这不，我自己给自己选礼物来了！"

"哎呀，哪的话！"邓丽灵机一动，赶紧拿出之前陈愈发买的钻戒，说道，"你冤枉老陈啦！瞧，他早就给你选好礼物了！怕提前带回去被你发现，他特地让我保管，就是要给你惊喜呢！"

陈夫人看着闪闪的钻戒，顿时心花怒放。瞧着她把钻戒套在手指上，乐呵呵走了，邓丽这才长舒了一口气。

后来为了这事，陈愈发还专门打电话给翟建设，把邓丽夸了一番，感谢她的周到安排。不过，从陈愈发的语气听来，话里话外，都透着尴尬和无奈。要命的是，经此一事，陈愈发仍不罢休！

翟建设跟邓丽有个宝贝儿子，今年上初三，正是热爱运动的年纪，对足球明星迷得不得了。这天，翟建设开完会回家，就见到儿子拿着一件国际足球巨星罗梅的球衣，兴奋得不得了。

哪想儿子见了翟建设，却像防贼一样，赶紧把球衣收到了身后。翟建设觉得事有蹊跷，便把球衣抢过来一看，好家伙，上面还有罗梅的亲笔签名。再看衣服成色，似乎还是球星本人穿过的，不便宜啊！

翟建设有种不祥的预感，忙问儿子："这球衣哪来的？"儿子怯生生地回答："陈、陈叔叔送的。"能有几个陈叔叔？翟建设用脚指头想都知道，又是陈愈发的手笔。

翟建设又遇到棘手问题，心里不是滋味。当晚有场精彩的球赛，他本来期待已久，现在却看得味同嚼蜡。不过，比赛结束后有个细节，却突然让他眼睛放光……

翟建设所在的学校，与陈愈发的公司，各有一支员工球队。陈愈发因为想讨好翟建设，一有时间就约战切磋，比赛中也常常放水。不过这一局面，因为两人的僵持断掉好一阵了。这天，翟建设却主动开口，要跟陈愈发约一场友谊赛。

陈愈发一听，很是激动。没想到比赛那天，队里有好几个队员聚餐时吃坏了肚子，集体请了假。眼看比赛要黄，陈愈发哪肯轻言放弃？他好不容易凑了几个人，最后连儿子小涛都安排上场了。

开场前，陈愈发见翟建设就在首发队员的名单里，而且翟建设还穿着他送的球衣，远远地朝他点头呢！这不是示好，是什么？

陈愈发赶紧再三关照球队队员，比赛时，一定要适时放水，千万不能赢过翟建设的球队。可惜，球员们是乖乖听话了，儿子小涛却半个字也没听进去。

赛场上，小涛忘乎所以，全力以赴，几次带球进攻，接连进了两个球，急得陈愈发在场边直跺脚！

眼见胜局已定，陈愈发心都凉透了，不敢再看翟建设一眼。翟建设却走过来，麻利地脱掉那身球衣，递给了陈愈发。

陈愈发蒙了，啥意思？翟建设眨眨眼，笑道："国际礼仪，赛后交换球衣，怎么，不给面子？"

这话像炸雷般响在耳边，气得陈愈发半天说不出话。原来是在这儿等着我呢！见陈愈发脸色难看，翟建设拍了拍他的肩，引荐了一位老师："李老师是我们学校足球队的总教练，有着丰富的带队经验，刚才他说你儿子脚法不错，是个好苗子，值得培养啊！"

陈愈发没好气地说道："臭小子啥都不会，光顾着踢球了！"

翟建设说道："其实，我们学校本来就是足球特色学校，十分重视队员选拔。依我看，你不如让小涛试试校队的测试，成绩好的话，入学机会很大。让孩子凭自己本事入学，他心里也踏实。你啊，以后把精力多放一点在孩子身上，才是正理！"

陈愈发一听，又激动又惭愧，连连说道："好，好，听你的，就听你的！"

这台手术我不做

袁卫杰

诸葛医生是锦山医院的外科主任。这天下午，他刚做完手术，就接到院纪委石书记的电话，让他去纪委办公室一次。

诸葛医生拖着疲惫的身体去了纪委办公室。石书记给他泡了一杯茶，送到他手里："诸葛主任，最近家里情况怎么样，夫人情绪好些了吗？"

诸葛医生接过茶，脸上掠过一缕阴影，说："石书记，你叫我来，不是嘘寒问暖的吧？"

"好！我也不兜圈子了。"石书记笑了笑，说，"最近我们接到一封信，说你没有履行医护人员救死扶伤的精神，拒绝为一名犯人动手术。有这回事吗?"

诸葛医生先是一惊,随即淡淡地说:"有,有这回事。"

这下,轮到石书记吃惊了:"我说诸葛主任,你是一名党的干部,我们医院的医德标兵,怎么会出现这种事?能把当时的情况说一说吗?"

诸葛医生点点头,便把当时发生的情况简单述说了一遍:半个多月前的一个深夜,手术室送来了一位急需动手术的老人。根据医院规定,需要交10万元押金,可老人手中只有3万元。诸葛医生见老人病情危急,决定先行救治,让老人的儿子赶快想办法筹款。可那时已是深夜,老人的儿子打了好多电话,都找不到人借钱。值班院长的态度十分坚决,说按规定,押金一分钱都不能少!

就在此时,两名警官在护士的带领下,推着一个奄奄一息的犯人,一路小跑直奔手术室而来。其中一位警官抹了抹脸上的汗水,掏出一张医院财务室的10万元押金收据,要求诸葛医生赶快进行抢救。然而,当诸葛医生看到病人的脸时,顿时脸色大变,眼里像要喷出火来,浑身也在剧烈地颤抖着。过了一会儿,他才平静下来,对身边的年轻医生说:"快安排这位病人开刀!小王,这台手术由你主刀。""我?"小王有些吃惊,"我……能行吗?"诸葛医生说:"行,根据我的经验和观察，你肯定行！"小王见主任这样说，腰杆一下挺得笔直，充满信心地答应了。

一旁老人的儿子目睹了这一切，来到诸葛医生面前，"扑通"一声跪下了。诸葛医生忙上前扶起了他，让他有话直说。老人的儿子告诉诸葛医生，他的父亲是道德模范，做过的好事不计其数，宁愿自己省吃俭用，也要资助贫困山区的孩子。可如今自己得了急病，却因交不全押金，被晾在手术室里。说着，他从手机里翻出父亲领奖时的照片和获奖证书照片。"一个犯人有病，由政府出钱抢救；而老百姓有病，不但要自己掏钱，而且迟一会儿都不行，这公平吗？"这个年轻人说到最后，情绪又有点激动起来。

诸葛医生把所有照片仔仔细细地看了一遍，深受感动。他拍了拍对方的肩膀，说了句"你放心吧"，接着摸出手机，让年轻人把照片都发给他……然后，他又给妻子打了个电话，让妻子赶快转 7 万元过来，说自己有急用。

很快，诸葛医生就收到妻子转来的 7 万元。他立刻为老人交足了押金，并进了手术室。幸运的是，在诸葛医生和其他医护人员的共同努力下，老人的手术做得非常成功。而那个犯人，尽管是由年轻医生做的手术，但也做得非常成功……

听了诸葛医生的讲述，石书记深受感动。他想了想，问道：

"诸葛主任，你当时为什么不亲自为犯人主刀，而要让年轻医生去做那台手术呢？"

诸葛医生脸色一沉，反问道："石书记，你知道这个犯人是谁吗？"

石书记摇了摇头。

诸葛医生面露悲愤之色，说："他就是高空抛物砸死我儿子的人！他不仅夺去了我儿子年幼的生命，还害得我妻子悲伤过度，患上了抑郁症。"

石书记惊讶地问："所以你拒绝为仇人做手术？"

"不！"诸葛医生激动地说，"自我走上从医之路，我就把救死扶伤作为毕生的追求。不管是恩人还是仇人，到了医院，都是我的病人！谁情况更紧急，就只能先救谁！可是，我一看到这犯人，就会想起我的儿子，浑身发抖，双手哆嗦。在这种情况下，你觉得我能做得好这台手术吗？"

石书记若有所思道："你的意思是，带着情绪做手术，怕做不好，才让年轻医生做的？"

"是的，"诸葛医生点点头说，"手术刀既能救人，也能杀人！小王虽然年纪很轻，工作时间尚短，但他自我要求很高，经过近一年的磨炼，已具备了主刀医生的素质和能力。再说，当时还有一台手术，需要我去完成。"

"我明白了。"听到这里，石书记动情地说，"你向当地的红十字基金会求助的同时，已让你夫人转了7万元垫付押金。可你想过没有，这7万元有可能收不回来？"

听石书记这样说，诸葛医生的眼眶顿时红了，他哽咽着说："这……这是经法院判决，对方砸死我儿子的赔偿款。"

石书记大吃一惊："这笔钱你也敢动用？"

诸葛医生擦擦眼睛说："当时老人的病情十分危急，如不及时抢救会有生命危险。医院的规定又不能违反。我考虑再三，觉得无论如何都不能让道德模范，因为交不全押金而延误救治时间！这钱是用儿子的生命换来的，如果真的收不回来，就当作儿子为救死扶伤作一些贡献吧！"

听到这里，石书记激动万分，他上前一步，紧紧握住诸葛医生的手说："谢谢，谢谢！我最后还想说一句，请代向你夫人问好！"

几天后，诸葛医生上班时，发现办公桌上放着一束鲜花和一纸留言，只见上面写着：诸葛主任，我道听途说，未经证实就举报了你，对不起！

与此同时，他又收到了一条短信，是红十字基金会发来的，说已为老人办妥应急救援金……

相中一个女干部

任柯芝

　　牛小五从县纪委下派到大河村任挂职书记，第一天上任，就遇到了一件棘手的事。村里育龄妇女体检，牛小五和村里另外两个男干部，吆喝了一上午，全村几十个育龄妇女，总共来了两个人，还是那两个村干部的老婆。牛小五傻了眼，照这样下去，一个月也查不完啊。

　　就在牛小五一筹莫展时，来了第三个妇女，叫刘彩霞，体检完，她说她有办法解决这事。

　　牛小五看眼前这个女人，三十来岁，漂亮大方，听话听音，感觉有点水平，就是不知道眼前这事，能不能像她说的那样轻松解决。

死马当活马医，牛小五决定让刘彩霞试试。刘彩霞走进广播室，打开喇叭，很快，她那像播音员一样的声音，就在大河村上空响了起来："姐妹们，现在国家放开二孩政策了，体检是为了生个更聪明的娃，不来查那可真是亏大了。再说体检又不花咱自己一分钱，这便宜不占白不占啊。对了，今天到村里来体检的前 30 名，我刘彩霞再教一段广场舞。"

没想到刘彩霞就这么简单的几句话，效果出奇地好，全村那些需要体检的育龄妇女，除了两个走亲戚不在家的，其他的全来了。

后来，牛小五一打听，得知刘彩霞为人热情，乐于助人，是村里跳广场舞的领头人，以前也在村委会干过不长时间，后来不知道什么原因，主动辞职不干了。牛小五乐了，他决定把刘彩霞重新弄进村委会。

说干就干，这天，牛小五专门到刘彩霞家里，决定请她出山。刘彩霞不在家，只有她婆婆贾老太一个人。

贾老太正抱着一个新做的枕头，乐得合不拢嘴，见村书记牛小五上门，忍不住把儿媳妇好好夸了一顿。

贾老太说："牛书记，您到咱大河村干书记，时间不长，我给您说说俺的好媳妇吧。您看，这个枕头就是彩霞给我做的，治好了我的落枕，真是舒服啊。这样的儿媳妇打着灯笼也难找啊。"

婆媳关系是很难处的，婆婆背后这样夸儿媳妇，看来这个刘彩霞错不了。牛小五的决心更坚定了，无论如何要把刘彩霞这块好钢用在刀刃上。

可是牛小五没想到，贾老太听了牛小五的来意，把头摇得跟拨浪鼓似的，她对牛小五说："让彩霞去村里当干部，这可不中。俺老太婆第一个不答应。再说，彩霞也不会同意。她要是愿意干，就不会回来了。"

牛小五有点奇怪，忙问："为啥？"

贾老太说："不为啥。这大河村的女干部，俺家彩霞干不了。"

牛小五笑了："要说刘彩霞同志干不了，那咱大河村可没第二个人能干得了了。"

贾老太放下手里的枕头，笑了："俺家彩霞肯定不会去，不过，俺老太婆倒可以给您推荐个人选。"

牛小五来了兴趣，说："噢，说说看，您老推荐谁？"

贾老太拍拍胸脯，说："我。"

来之前，牛小五早打听过了，贾老太是村小学的退休教师，识文断字，为人和善，要说到村里当干部，给大伙儿服务，除了年龄稍大点外，还真没得说。

可牛小五还是坚持想要刘彩霞，并让贾老太转告刘彩霞，第二天到村委会报到。第二天，刘彩霞没来，贾老太来了，对牛小五说："牛书记，实在对不住啊，彩霞说她无德无能，到村委会工作不服众。村委会的干部都是群众选出来的，她一个农村妇女突然间到村委会工作，虽然是帮助工作，但群众肯定会有意见，这会给领导添麻烦的。您还是另请高明吧。"

看来这个刘彩霞懂政策，遇事考虑周到，也知道为领导着想，牛小五感觉没看错她。大河村有一千多口人，妇女占了近一半，村委会没个女同志，工作确实不方便。虽然刘彩霞不同意，但牛小五还是想让她到村委会帮忙。

说来也巧，牛小五正不知该怎么劝贾老太回去时，有对婆媳闹到了村委会，指名道姓要牛小五解决问题。贾老太看牛小五有点犯难，就说："牛书记，您歇会儿，瞧我老太婆的。"

说着话，贾老太转头对这对婆媳说："咱村前村后住着，你俩的事我也了解个大概，你俩闹矛盾，都是因为当娘的感觉儿子陪自己时间少了，当媳妇的感觉丈夫陪娘时间多了。你家这事好解决，只要画出个时间表来，没有特殊情况，儿子一三五陪老娘，二四六陪老婆。当然，咱说的这个陪是在一块儿的时间相对多一点，没别的意思。这样你俩有意

175

见吗？"

那对婆媳想了想，感觉这办法不错。后来，在贾老太的建议下，村里出面立了个字据，一家三口都签了字，这事就算解决了。牛小五没想到贾老太真有一套，要不是年纪大点，这到村里工作，还真是把好手。不过，牛小五还是把贾老太劝了回去，他中意的是年轻漂亮的刘彩霞，可不是一个老太婆。

既然说不动刘彩霞，牛小五决定从刘彩霞的丈夫姚林宝身上寻找突破口。

姚林宝跟牛小五是高中同学，现在是一家建筑公司的经理助理，牛小五给姚林宝打了电话，上来就是一句："林宝啊，我相中你媳妇了。"姚林宝吓了一大跳，待他明白了牛小五的意思，答应当天回去给媳妇刘彩霞做工作。

晚上，姚林宝急匆匆地赶回了村里，跟媳妇一说，刘彩霞还是不同意。刘彩霞说："我让咱娘去试探过了，这村干部啊，天下乌鸦一般黑，撤下了狐狸换上了狼，虽说前面那个村主任被拿下了，这个牛小五看来也不是啥好东西。他嫌娘年纪大了，非让我去村里帮忙不可，我就知道他没安啥好心，还不是看你媳妇我长得漂亮水灵，想打我的歪主意？"

原来，上任村主任贪污受贿，有作风问题，村里唯一的那个女干部生的孩子，就是村主任的。这样的村干部不处理，不足以平民愤，所以那个村主任进去了，牛小五以挂职书记的身份被组织上派到了大河村任职，这是来收拾烂摊子的。

不过，刘彩霞被上任村主任吓怕了，对村干部从内心深处有抵触情绪。

牛小五进村没多久，就打算让刘彩霞到村委会帮助工作，有上任村主任和那个女干部的事摆在那儿，刘彩霞说啥也不愿意去村里搅这浑水。她不是不想给大伙儿服务，她是信不过现在这些村干部，不想跟他们同流合污，成为一丘之貉。

刘彩霞对姚林宝说："咱不能自己往火坑里跳，你不怕我给你戴绿帽子，我自己还嫌弃呢。"

姚林宝听了，抱着刘彩霞亲了一口，说："真是我的好媳妇，不过，你看人不能一棍子全部打死，上任村主任不地道那是他的事，现在这个牛小五不一样，人家是从县纪委下派到咱村任职的书记，你放一百二十个心好了。他是县纪委派来的干部，素质高着呢，还能知法犯法？再说，媳妇跟你透个底吧，牛小五这次来咱村，很重要的一项任务就是有意物色并培养村主任后备人选。人家是真'相中'你了。"

刘彩霞不知道，她嫁到大河村后，带头成立了大河村广场舞舞蹈队，自掏腰包买了广场舞音响，成立了好媳妇义工服务队，义务到村小学给孩子上音乐课……所有这些，都已经被牛小五掌握了。

刘彩霞说："你既然这么说，那我去村里帮助工作也行，但我必须得跟牛小五约法三章……"

招到刘彩霞这样的女能人进村委会帮助工作，牛小五高兴坏了。

一年后，村两委换届选举，刘彩霞全票当选大河村党支部书记和村委会主任。牛小五这个挂职书记终于完成任务，卸任后高高兴兴回县里上班，和家人团聚了。

一念之差

叶林生

说起范卿，那可是个热心肠、人缘好的人，因此被小区的业主们选为楼长。

这天傍晚，范卿和一群业主正在闲聊，小区清洁工胡老头兴冲冲地跑了过来，递给范卿一根芙蓉王香烟，说："老范，解决咱小区噪声污染这事，你要出马的话，肯定能行！"

小区位于城郊接合部，一条新开通的高速公路从旁边穿过，车流呼啸的噪声让居民们不堪其扰。为此他们找了当地的几个部门，但都没用，所以现在胡老头提起这事，范卿也是无奈地摇摇头："我？这事我哪行？"

"真人不露相啊!"胡老头用手捶了捶他的肩膀,"去年,从省城来找你的那个王厅长,跟你是老同学吧?听说他就是管这个的!"

范卿先是一愣,接着咧嘴笑了笑,其实那个王厅长他根本不认识。那次王厅长来附近找个儿时的同学,打听地方的时候碰巧范卿在旁边遛弯儿,于是请范卿带了个路,之后又用小车把他送回了家。后来有人就猜测,范卿跟那个王厅长可能是老同学关系。事情就这么简单,可范卿没有捅破,因为他喜欢"拉大旗作虎皮"。

他这一默认,众人便像遇上救星似的将他簇拥了起来。这个说:"老范,想不到你有那么大的官儿做靠山,快找他去啊,为民请命嘛!"那个说:"老范你是楼长,你得为业主谋事呀,这事可就全指望你了!"大家七嘴八舌的,把范卿撺掇得热血沸腾,心想:那王厅长跟我毕竟有过一面之交,不如就去省城找他试试吧。

见范卿点头应允,胡老头当即拿出一百元钱递给他,说这是办事的经费。范卿摇摇手,说不要钱。胡老头正色道:"如今办事没钱哪成啊?虽说人家大领导跟你是老同学,可大老远地去登门求人,总不能两手空空啊!再说,你这楼长既没工资也没补贴,为大家办事儿在外面吃苦受累不算,还耽误了自己挣工钱呢！"

听胡老头这么一说，业主们纷纷跟着点头，有的拿一百元，有的拿五十元。胡老头一边收钱，一边记账，很快就凑出了三千元钱，一起交给范卿。

大家又都为范卿打气："老范，我们信得过你！只要你尽心尽力了，这事儿即使办不成，我们也不会怪你。要是钱不够，我们再凑！"见大家如此诚恳，范卿这才收下了钱，说明天就去省城。

次日一早，范卿先赶到他上班的厂里，准备跟老板请假。谁知老板正急着要把一车货送往外地，偏巧负责押车的工人突然生病了，于是不由分说，就把范卿塞上了货车。

一个星期后，范卿押车回来了。他摸摸身上揣着的三千元集资款，想起去省城的事儿被耽搁了还没个交代，心里不免愧疚。可是当他走到小区边的路口时，远远就发现，经过那儿的高速公路变了模样，路旁全都安上了漂亮的隔音墙。

范卿正诧异，刚好碰上了胡老头和一些下班回家的小区居民。见范卿回来了，大家像迎接功臣似的把他团团围住。胡老头笑容满面地擂了他一拳："老范，你可真神哪，这么快就把事情办成了！"大家七嘴八舌地夸着范卿。范卿刚开始还一愣一愣的，接着心里就明白了：自己押车去外地七八天，回来捡了个现成的功劳。

胡老头又递上一根芙蓉王香烟，用打火机给他点上："老范啊，这些天你在省城费了不少周折吧？那三千元钱够花吗？"

范卿本想照实说自己临时押车去外地了，还没来得及去省城，但此刻心里"咯噔"一下，话出口却变成"够了，够了"。

打这以后，范卿每次见着胡老头，心里就有一种做了贼的感觉。他想说出实情，把那三千元钱退还给业主们，可又怕弄巧成拙，毕竟自己一念之差，已经顺着竿子爬上了顶。

直到后来，范卿才知道了其中的缘由：关于解决公路噪声影响小区环境的问题，其实省里的工程建设项目部一开始就已列入计划，只是安装在这里的隔音墙，要采用一种新型的优质消音除噪材料，这种材料正在生产过程中，因此耽误了一些时间。

过了些日子，事情渐渐地淡了。这天，范卿从外面回家，忽然发现门缝里塞了样东西。他拿起来一看，是一封给他的信，信封上没留地址，里面的信纸上写着这样几句话："你假冒功劳，把业主们的三千元集资款吞进了腰包，这是贪污腐败行为！如果你不想成为被拍打的'苍蝇'，请在两天内把钱全部退还给业主。清廉观察员。"范卿心里一惊，这"清廉观察员"是谁？

不远处，胡老头正在埋头扫地。范卿心中一动，上前就将他往没人的地方拉。胡老头一愣："有事儿？"

范卿从怀里掏出那封信："这是不是你写的？"

胡老头看完，摇摇头说："我可没写过这东西！"

范卿咬咬牙，把事情来了个竹筒倒豆子。

胡老头沉吟片刻，对他说："这事现在还不算晚呀，你照实说明情况，把那凑来的三千元钱还给大家，不就完了？"

见胡老头说得在理，范卿当即找来纸和笔，写了一张告示贴在小区的大门口，很快把钱一笔笔退还给了业主。

几天后的一个晚上，范卿发现门缝里又插了一封信。他拆开一看，信纸上写道："人都会有一念之差，你能悬崖勒马，这就对了。若想知道写信者是谁，今晚八点到小区门外草坪东面第三棵香樟树下。清廉观察员。"

晚上八点，范卿准时来到信中所说的地点，那里站着一个老太太，竟是看管小区车库的李阿婆。李阿婆说："我是来向你道歉的。"

"你就是'清廉观察员'？这信是你写的？"见李阿婆点头，范卿简直有些哭笑不得，"你……要道什么歉？"

"实话告诉你吧，这事从一开始就是一出游戏。"李阿婆眯着眼睛，娓娓道来，"那天在小区里，大伙儿在侃打'老虎'拍'苍蝇'，你在那儿信誓旦旦地说，你这小小的居民楼长，即使想成为贪腐的'苍蝇'也没机会。胡老头和我说，有些当大官的人会贪变成'老虎'，那有些官不大的小人物又是怎么贪变成'苍蝇'的呢？我说你找个小人物试试看，不就知道了？我和胡老头突发奇想，两人一商议，决定就借高速公路噪声这件事儿做点文章。不好意思，我们选中了你……"

"可是……"范卿这才觉得，自己以前真是小瞧了这个毫不起眼的老太太，"这里面的事，你们怎么知道得那么清楚呢？"

"我有个老工友的儿子在省城，他就在这条高速路上从事消音技术工作，安装新型材料的隔音墙归他管，所以我当然知道了。至于说那个王厅长是你的老同学，这是胡老头给你的一根顺着爬的竹竿，他知道你喜欢拉大旗作虎皮呀。临时让你押车送货也是胡老头的安排，你们工厂的那个老板就是他的外甥。"

正说着，胡老头从对面走过来了，依然递上一根芙蓉王香烟给范卿，打火替他点着，讪笑着说："老范呀，这出游戏的确是有点荒唐了，我也给你赔个不是。明天我弄几个小菜，咱们一起喝两盅！"

李阿婆说："本来，我想把这场游戏进行到底，可胡老头硬是不让，他说毁一个人容易成一个人难。所以我改变了主意，用这个很老套的办法推了你一把。"

此时，范卿真是又羞又恼，五味杂陈，愣在那儿半天没有说话。

主　角

贺小波

　　张军是纪委党风室最近从基层遴选上来的一名公务员。这天是他报到上班的第三天，刚进单位，张军便被主任叫了过去。

　　主任开门见山地问："张军，你最近吃没吃过烤地瓜？"

　　张军一愣，信口回道："吃过。"

　　"倒是诚实！"主任言罢，拿起手机点了一下，"看看，这个人是不是你？"那是个抖音视频，只见张军站在一个烤地瓜的小贩身边，两人交谈了一会儿，张军忽然从小贩手中的袋子里拿起两个烤地瓜就跑，小贩则提着袋子跟在他屁股后追。

张军一看，冷汗直冒："主任，事情不是您想的那样……"

"啥样？不管啥原因，你都让人家落下了口实！"主任脸色很难看，恨铁不成钢地说，"咱这儿可是党风室，要是纪检干部都像你这样，咋去监督别人？"

"主任，我……"张军欲言又止，脸涨红到了耳根。

主任叹口气说："这个抖音号关注度不高，我也是无意中发现的，不过不能等形成舆情才去堵漏洞。这样吧，给你一星期时间，尽快找到这位拍客，让他删除视频……至于怎么处理你，得看影响大小了。"

张军回到办公室，搜出那段视频细看起来。其实，单从视频里看不出发生了什么事，只是配的文字太扎眼：一名党员干部和"免费"烤地瓜背后的"纠葛"。两个引号特意加了黑，大概是为了吸引眼球而故弄玄虚。

张军认真翻了翻抖音号，不是自己熟悉的人。到底是谁在"陷害"自己？张军决定找当事人郭得宝问一问情况。

然而郭得宝就像从人间蒸发了一样，忽然就没了踪影。张军不由得怀疑起来，难道郭得宝与这个拍客有关？张军打算直接开车去桃花山村寻找答案。

桃花山村，对张军来说最熟悉不过了——地处县城东面，村里山多地少，交通闭塞，是出了名的贫困村。

五年前，张军被单位派到该村参与扶贫工作，扶贫对象是个名叫郭得宝的六十岁老头。郭得宝右腿有残疾，干不了重活，家里有两个孩子，都在上学，生活重担全压在郭得宝的媳妇身上。张军先是找到乡里为郭得宝申请了低保，后又帮他购置了电瓶车和烤炉，让他一年四季在县城卖烤地瓜。慢慢地，郭得宝的日子好起来，两年后摘掉了贫困户的帽子，一家人对张军感激不尽，还给单位送了锦旗。

两天前，张军逛街时恰巧遇上郭得宝，郭得宝装了一大袋烤地瓜送他，两人推搡了半天，最后张军好不容易才从袋子里拿了两个小的，转身就跑，这便是视频里的画面。最可恨的是，抖音视频拍摄得不完整，让无意中看到的主任产生了张军占老百姓便宜的误会。

张军轻车熟路，很快就来到了郭得宝家门口，看到的却是门锁院空。一打听，他才知道郭得宝全家人都去县城租房住了。

张军傻眼了：那天见面时只想着躲那袋烤地瓜了，咋就没要个新手机号存起来呢？这如今上哪里找人去？

没找到郭得宝，而那个抖音号自从发了那个视频后也无更新，留言也未见回复。眼看一星期的期限就要到了，再找不到始作俑者，自己就得背上处分，张军顿生一种欲哭无泪的感觉!

这天是主任限期的最后一天,张军下班后又去街上找人。刚来到"出事"地点,张军不由得瞪圆了眼睛:那个卖烤地瓜的老头不正是郭得宝吗?

郭得宝也瞅见了张军,老远就招呼:"小老弟,快来,我正愁找不着你呢!"

张军哭丧着脸说:"郭哥,我也在四处找你呢。"说罢,他从兜里掏出20块钱递给郭得宝:"上次的地瓜钱。"

"不是说了吗?那是给你尝鲜的,不要钱。"郭得宝把张军的手挡回去。

"可是……"张军手里捏着20块钱,却不知从何说起。

郭得宝没看出张军的尴尬,自顾自地说:"我女儿大学毕业了,前些日子又考上了教师编,分到县城第一实验小学当老师……上次想告诉你这个消息,你急匆匆走了。"

谁让你太"热情"了呢!张军心里抱怨着,嘴上却说:"这可是大好事。郭哥,你是苦尽甘来呀!"

"这个'甘'也是你的功劳,当初要不是你帮我脱贫,我能有今天?"郭得宝笑得满脸堆起了褶子,继续说道,"最近,我女儿打算用抖音拍一个叫什么'贫困户脱变记'的生活纪录片,记录一下我家的脱贫历程。听她说上次就把我和你拍进去了，不过效果一般，没有达到预期的目的。"

张军吃惊道："那个抖音视频是你女儿拍的？"

"对呀，你也看了？那天她正巧放学来找我，在一旁听见了我和你的谈话，知道你就是我家的恩人，随手拍下来发到网上，想宣扬宣扬你。结果她说故事缺乏连续性，反响不大，所以她准备重拍，想请你再次当回主角。"说到这儿，郭得宝叹了声，"你帮了我家这么大的忙，我却无以为报，所以我特别支持女儿的想法！"

原来是这样，张军的心情放松下来，忍不住问了一句："都这么多天了，为啥才拍了一集？"

"别提了，前几天我媳妇脑血管堵塞，住了几天院，哪有心思拍抖音？再说，那天你走得急，也没留个手机号，缺了你这个主角，这抖音拍得还有啥意义呢……"

正说着，一个漂亮女孩笑逐颜开地跑了过来："爸，主角这么快就联系到了呀？"她冲张军羞赧一笑："张哥，我爸都告诉你了吧，你得帮我完成这个计划呀！"

"差辈了，咋叫我哥呢！"张军脸上也露出了舒心的笑容。他心想，主任如果看了后续的视频，定不会再"为难"自己了。不过这件事也提醒了他：在公职人员的背后，有一双双眼睛时刻在监督啊！

标前考察

顾敬堂

潘航经营房地产公司有些年头了，他为人持重，不肯剑走偏锋，在生意场上就显得守成有余，进取不足。

最近，市经济开发区打算对临河一块闲置土地进行开发，打造养老生态园。开发区管委会对外宣布，会对投标公司十年前开发的楼盘进行评估检测，作为是否能入围的标准。潘航对自己公司的施工质量非常有信心，因此决定倾尽全力拿下这个项目。

在公司会议上，作为"老臣"的公关部臧经理率先发言："我们公司这些年发展缓慢，很大原因就是忽略了上层路线。活儿干得再漂亮，人家不用，你全都等于零。听说开发区管委会的新主任叫张忠凯，他初来乍到，和别的开发商没有交集。潘总，希望这次您能同意我主动出击，去和领导拉拉关系。"

潘航缓缓说道："我同意你去和张忠凯主任接触一下，但只能向他介绍我们公司的情况，不许搞什么暗箱操作。"

臧经理无奈，只好带着资料去管委会预约和张忠凯主任见面的时间，结果却被告知：招标会之前，张主任不与任何开发商见面。

臧经理垂头丧气地回到公司，向潘总汇报了情况。潘航安慰他："张主任不提前和开发商见面，释放出的信号就是公平公正，这样咱们的机会岂不是更大嘛！"

臧经理苦笑着刚想说话，潘航桌上的座机忽然响了，前台打来电话，说有位自称张忠凯主任亲侄子的人要见潘总。

来人是个风度翩翩的小伙子，他不卑不亢地向潘航问了好，自我介绍道："我叫刘佳明，是张忠凯主任的亲侄子，受叔叔委托，来谈谈投标的事情。"

潘航愣了一下，热情地和对方握手，然后示意臧经理先出去，独自和刘佳明密谈起来。

等刘佳明走后，臧经理迫不及待地走进来，询问道："怎么样？"

潘航淡淡地说："他说张忠凯主任今晚8点半会在青云山庄单独约见我，让我准备好资料。"

臧经理兴奋地拍着大腿："有戏呀，我马上让财务准备现金，您看多少钱合适？"

潘航瞪了他一眼："准备个屁，我压根没打算去。安心等着吧，后天我们正常投标。"

臧经理恨恨地拍了一下桌子："又胆小又固执，跟你做事真憋屈！"潘航也不生气，笑呵呵地看着臧经理拂袖而去。

转眼到了竞标的日子，潘航一行来到开发区，进入会议大厅。张忠凯主任坐在主席台正中，身后则站着他的侄子刘佳明，臧经理一看，顿时心凉了半截儿。

人到齐后，张主任开口道："首先，请前晚到过青云山庄的开发商退场。"

台下顿时沸腾起来，有开发商失态地叫嚷起来："为什么？不是你侄子让我们去的吗？"

张主任摆摆手示意大家安静，指着刘佳明说道："这位是区纪委的刘佳明同志，据我所知，他当时要求各位带着资料到青云山庄。很遗憾，去的人带的都是现金。"

"你这是钓鱼执法！"有位开发商激动地喊道。

张主任不紧不慢道："我们只是做标前考察罢了，并没有执法，否则我完全可以收下你们的钱，再交到纪委。"

最后，潘航的公司顺利中标。臧经理兴奋地对潘航说道："我真诚地向您道歉，没想到我们真的会中标！"

潘航波澜不惊地说："人呀，见到利益就容易失去理智，张主任这次考察明明留下了破绽，可惜那些人都没看到。"

"破绽？"臧经理不解。

潘航笑道："一个姓张，一个姓刘，你见过这样的亲叔侄吗？"

廉润初心　笃行致远

道阻且长，行则将至；
行而不辍，未来可期。

换匾额

王福军

老袁住在农村，面朝黄土背朝天，是个再普通不过的农民。不过他有个独门手艺：治腰酸。说起来，袁家祖上是老中医，就擅长治腰酸，等一代代传到老袁手上更是发扬光大，在传统按摩的基础上加上药物调理，能使腰酸之人恢复得龙精虎壮。

袁家院子同时也是诊所，门楣上挂着一块黑底暗绿色的匾，上书"医者仁心"四字。这也是袁家祖上一代代传下来的，是很久之前一位患者赠送的，袁家人爱若珍宝，并将此四字作为座右铭。

儿子小袁并没有子承父业，大学毕业后成了一名公务员，收入丰厚不说，工作还轻松、稳定，村里人羡慕不已，老袁提起儿子也总是神采飞扬。

这天，小袁从城里回来，还带了一个人，是小袁的领导。领导经常腰酸，跑了不少医院，可疗效甚微。小袁知道后灵机一动，主动请领导来自个儿家里。

老袁接到儿子电话后也早就做好了准备：把家里院外清扫得溜光水滑，还买了好酒好菜，那块匾额更是擦得锃光瓦亮。

简单寒暄过后，老袁开始为领导治腰酸。老袁请领导趴在按摩床上，掀起衣衫就开始按摩，动作沉稳有力，招招见功底。其实，领导到农村来接受按摩治疗，一开始心里将信将疑，纯粹是抱着死马当活马医的态度。现在老袁一上手，他就知道来对了，只觉得老袁的一双糙手所到之处筋骨都酥了，舒适无比。

老袁知道今天的治疗不比往常，所以打起十二分精神，使出浑身解数，一通按摩下来，累得他喘气如拉风箱，大汗淋漓。领导从按摩床上下来，只觉浑身轻松欲飞，舒坦得无法言说，见老袁如此费力不由得连声道谢。谁知还没完，老袁说："领导您稍坐一会儿喝杯茶，我还得为您研些药带回去内服。"

于是领导舒舒服服地坐下，小袁陪着喝茶聊天。过了一会儿，老袁从后屋出来，递过来一个黑色大塑料袋，里面沉甸甸的全是药。老袁说："领导，这些药您拿着，是内服的。我敢说三副药过后，您一定能回到 20 岁。"

领导接过来打开一闻，好闻的中药香扑鼻而来，浓郁得不得了。领导问："这些药加上刚才按摩，一共多少钱？"

老袁父子俩一起笑了："这还要钱？难道我们扎进钱眼里了？领导太瞧不起人了。领导，咱农村没有什么好菜，待会儿随便吃点。"领导客气几句也就同意了，可当菜上桌后，他不由得暗吃一惊：那些菜绝不是什么孬菜，实则相当高档，酒就更不用说了。

在送领导上车时，瞅着小袁不在，老袁脸上似笑非笑，说："领导，有句话不知当讲不当讲。"

领导说："老袁，有话就说呗，还客套啥？"

领导以为老袁借机卖人情，请求自个儿照顾小袁啥的，谁知老袁说："我们都是成年人，就直说了。以后吧，不要太透支身体了。不过也没多大事，一旦腰酸就来找我。"

领导一听就懂了，这是暗示自个儿平日里私生活有些放纵，他不由得哈哈一笑，也不置可否。等回到城里，领导再次吃了一惊，他把老袁给的药请内行人一看，竟全是名贵中

199

药，价值不菲。

过了不久，小袁就升了职，彼此心照不宣。

而领导并没有听老袁的话，虽然腰好多了，可还是隔三岔五要朝老袁家跑，接受治疗。老袁知道劝不住领导，这事也轮不到自个儿说，只得次次卖力。于是，双方感情越来越深。

有一次，老袁家酒香菜美，领导吃得高兴，说："小袁，备纸墨。"

领导的书法相当不错，趁着酒兴，他当场挥毫写下"妙手回春"四个字，写完哈哈大笑。老袁爷儿俩也笑，只有他们懂这"春"指的是什么。

当领导再来时，他不由得睁大了眼睛：原先老袁家门楣上方的"医者仁心"匾额不见了，取而代之的是新做的匾，上面的四个字"妙手回春"，正是自个儿的手笔。这个老袁，会来事。

小袁一路高升，日子过得有声有色。忽然平地一声惊雷：领导犯了事，同时翻船的还有小袁。

小袁进去后，老袁关起院门，整整三天没出门。当他再次出现在众人面前时，大伙儿吃了一惊：老袁原本乌黑油亮的头发现在白得如同落了一层霜，原先还算丰润的脸现在皮包骨头全是皱纹，眼神苍老阴郁，三天之内竟似老了十岁。

老袁开了院门的第一件事就是取下"妙手回春"的匾额，一把火烧了，再重新挂上"医者仁心"的老匾额，最后在祖宗牌位前跪下，左右开弓打自个儿的嘴巴。

　　过了两年，因为犯事不重，加上态度积极，小袁出来了，可前来接他的只有日益苍老的母亲。小袁问："爸呢？"

　　小袁妈不答，可当小袁一脚踏进自家老屋时才晓得天塌了：屋内挂着老袁的遗像，父亲没了。

　　小袁妈说："儿子，自从你出事后，你爸夜夜睡不着觉，时间一长，折腾得魔怔了，头脑不行了，饭也吃不下，没多久就走了。临走前，他给你留下一个包。"

　　小袁打开包，只见里面有一个纸质日记本，还有一封信，是老袁的手迹。

　　信里写道："儿子，当爸第一次为你领导免费按摩、免费配药的时候，爸已带着你走上了邪路。当爸亲手取下祖宗传下来的匾额，再挂上领导题写的匾额时，爸已完全鬼迷心窍了。那日记本里记的是咱家祖传的按摩手法和用药配方，你留着，至少还能有口饭吃。儿子，你记住，不管是行医还是做人，万万不能丢掉一颗仁心！"

　　小袁只觉一阵从没有过的痛袭上心头，他跪倒在地，大哭了起来。

第一块矿石

姚国庆

黄局长去白眉岭铜矿考察。天气不好，"哗啦哗啦"下着暴雨，然而，黄局长的心情一点没受到恶劣天气的影响。他对白眉岭铜矿有感情啊！当初，地矿局在白眉岭投入了大量时间、资金，也没找到铜矿，局里大部分人赞同放弃，唯有他坚持继续找下去。终于，他的付出得到了回报，找到了这个大型铜矿床，而他也因此"一炮而响"。

车随山路转了大弯，白眉岭铜矿的厂区出现在眼前。新修的大门很气派，上任一年多的汪矿长站在门前迎接。

黄局长和汪矿长寒暄了几句，汪矿长就带着黄局长参观新盖的职工宿舍楼。房间里装修得可真漂亮，配有电视、网络、洗衣机等设施。顶层还设有娱乐室，里面摆着图书杂志、乒乓球台等。参观完宿舍，又参观新盖的食堂，黄局长感慨道，矿山的条件和过去比，真是一个天上一个地下。汪矿长说："您说过，工人是矿区的生命，这话我一直记着呢，一定要给工人师傅们提供最好的生活条件。"

接下来是招待宴，设在食堂的雅间。黄局长一走进来，看到一桌工人已围坐好了，正在鼓掌欢迎他。汪矿长说："黄局长，这里有几个熟人，看您还认不认识？"说着，他走到一个黑瘦的小个子工人旁边。那工人站起来，朝着黄局长憨笑。黄局长说："哪能不认识？刘师傅嘛。"矿山开采的第一年，设备才刚刚安装到位，他就被请来参加开工仪式，就是坐在刘师傅的挖掘机里，他们共同挖出了这个矿区的第一块矿石。

黄局长说："刘师傅，咱俩挖出来的那块矿石，是多少斤来着？我记得当时还称了的。"

刘师傅说："1783斤！"

"对对对，是1783斤，我也想起来了。"

汪矿长又介绍了这一桌的其他工人，有搞电焊的、搞放炮的、搞隧道掘进的……都是黄局长几次下来考察，有过接触或合作的工人师傅。

宴会开始了，工人师傅们都来给黄局长敬酒。黄局长一向敬重实实在在干活的人，见师傅们一个个扬脖子就干，他也不含糊。没想到过了一会儿，师傅们居然又来了第二轮。黄局长示意汪矿长，下午还有工作，不能喝多，想让他给挡一挡。哪知汪矿长没明白似的，居然鼓动师傅们一起高喊："干，干，干……"黄局长不知不觉就喝多了，汪矿长忙安排人送黄局长去休息。

就在黄局长休息时，矿山里的另一处却忙成了一锅粥。那是一个陡峭的山坡，山坡上有一群工人正顶着大雨劳作。他们浑身泥浆，"一二三"地喊着号子，要用绳子把一块巨大的矿石从半山坡拉到山顶。

这是怎么回事呢？原来，这块矿石就是当年黄局长和刘师傅共同挖出来的第一块矿石，一直作为纪念品摆在这山顶上。汪矿长上任后，觉得原来的石座子太普通了，就做了一个闪闪发亮的铜座子。不料今天下了一场暴雨，泥地被雨水浸泡，铜座子又太重，竟歪倒了，上面摆着的大矿石也滚下了山坡。这可愁坏了汪矿长，他想：黄局长来考察，见不到自己挖出来的那块矿石，那还了得啊？无论如何，必须恢复原状。为了争取时间，汪矿长就安排那些工人师傅上桌，交代他们给黄局长敬酒，最好把他灌醉，让他多睡一会儿。

趁黄局长休息，汪矿长打着伞赶到了现场。他一看进度，不禁烦躁地说："这么多人，干了几个小时，居然连一块矿石都拉不上来，真是窝囊废！"他看了看表，又对工人们喊道："最多半小时，必须拿下，否则这个月你们每人罚款五百元！"

汪矿长正发脾气，突然，一个人气喘吁吁地跑来，边跑边喊："汪矿长，不好啦，黄局长醒啦！"

汪矿长吃了一惊，他不知道，黄局长这几年因为工作，酒量比以前好多了，今天是因为敬酒的人太多，黄局长喝急了，才一时上了头。不过，黄局长睡前除了让别人叫醒自己，还特地在手机上设了闹钟。虽然别人没敢叫醒他，但闹钟一响，他自然就醒了。汪矿长赶忙让一个手下带着工人们离开。刚安排好，就见黄局长从远处走了过来，不一会儿就到了近前。

汪矿长忙迎上去说："黄局长，您这才睡了半个小时，再休息一会儿呗。"

黄局长说："我休息好了，咱们下一项工作是考察矿井。"

汪矿长暗自庆幸，还好自己事先安排人用塑料布把铜座子包裹起来了。黄局长居然没注意到，看来他并不在乎那块矿石呀！

走上矿区排水沟的石桥，黄局长一不小心踢到了台阶，

205

把脚弄疼了。汪矿长见状，忙交代身边的人："记住，把这台阶铲了，做成斜坡……"

黄局长说："好好的台阶，铲了干吗？是我的错嘛，怪什么台阶？"

当他们站在桥上说话时，桥下突然传来了一连串的打喷嚏声，打得那样急促，好像憋了很久似的。

黄局长问汪矿长："怎么，桥下有人？"

汪矿长说："可能是巡查安全的师傅，下雨天，矿区的安全很重要。"

黄局长"嗯"了一声，就在这时，又听到下面有好几个人同时打起喷嚏来，还纷纷说："实在憋不住了。"

黄局长问："怎么，巡查安全的师傅全都感冒了？"

汪矿长吞吞吐吐地说："我……我也不清楚。"

黄局长就喊："桥洞里的师傅，请出来一下！"

随着这声喊，桥洞下陆陆续续地走出一群工人师傅，他们满身泥浆，还在不断地打着喷嚏，正是先前在山坡上拉矿石的工人！原来刚才汪矿长让手下带他们快点离开，别被黄局长撞见，他们来不及走远，只好在这个桥洞下躲着。

黄局长一看这情况，就问是怎么回事，师傅们都支支吾吾的。黄局长觉得这里头肯定有问题，就找一个老师傅了解情况。老师傅犹豫了一下，一咬牙，说："豁出去了！我也一把年纪了，什么都不怕了。"

老师傅把知道的情况全说了，从汪矿长修铜座子开始，到下雨导致矿石滚下山坡，到他们被调来拉矿石，完不成任务要罚款五百元，到他们在这桥洞下躲着……黄局长这才恍然大悟，原来中午汪矿长是故意灌自己酒啊！

"说得真痛快！"老师傅说得兴起，干脆撸起袖子来，"这个汪矿长呀，做事风格跟前几任矿长大大不同！他爱搞面子工程。你瞧，那新盖的宿舍楼，真是为我们工人盖的？不，是给你们这些领导看的，也只给关系户和他的亲信住。自打这汪矿长来了，矿区的规矩多了一倍都不止，一违反啊，就是罚款，还有专人记录呢！"说着，老师傅突然气冲冲地走向身边的一个人，"刚才你说，谁憋不住打喷嚏，罚款二百，钉了多少，你给局长看看！"老师傅奋力从那人口袋里抢出一个小本子来，跑过来递给黄局长。黄局长打开一看，只见密密麻麻的，记的全是谁谁谁因为什么事罚款多少。

黄局长把小本子递给汪矿长："你有什么要说的？"汪矿长低着头，不敢接话。黄局长说："你不是说工人是矿区的生命吗？就用这样的事实呈现给我看？"

后来，黄局长独自在那铜座子下站了很久，坡地上的踩踏痕迹太触目惊心了。他转身回去，立刻着手调查汪矿长。在查实所有情况后，汪矿长被撤职。黄局长暂时留在了矿区，他想亲自挑选出一个爱护工人的矿长。而那块矿石，他让人拉去冶炼，做了一块铜牌，上面刻着一行字："工人是矿区的生命。"

这铜牌就放在矿长办公室，无论谁坐这个位子，进门就会看到它。

旧债难偿

孙华友

　　杨立群官至市长，最近退休了，就想着到曾经任过职的地方故地重游一番，于是，他来到了青竹县，打算入住青竹县招待所。

　　刚进招待所，杨立群就见迎面走来一个中年男子，四目相对，两个人都不禁一愣。中年男子很快认出了杨立群，他轻哼一声，冲杨立群道："才这么些日子不见，杨市长就不认识老部下了吗？"

　　中年男子头发花白，一身电工工装，杨立群觉得十分面熟，一个名字挂在嘴边却怎么也喊不出来，他不禁红着脸，说："你是谁来着？对不起，我一着急忘了！"中年男子瞥了杨立群一眼，冷笑一声，径直走出了招待所。

杨立群办好了入住手续，但他始终忘不了刚刚那个中年男子的表情，那冷笑中，分明充满了不屑跟怨恨的味道。"李奋斗！"杨立群突然想起来了，那人叫李奋斗，当年自己在青竹县当电业局局长的时候，李奋斗在一个镇里当电业所所长，他正好是自己的部下！

凭直觉，杨立群觉得李奋斗对自己有很深的成见。思来想去，自己跟他曾是上下级关系不假，但两人素无来往，而自己也只是干了一年的电业局局长，就被调进市里工作了，从那以后，他跟李奋斗再无交集。

杨立群越想越沉不住气，他向一名服务员打听，服务员告诉他，李奋斗是招待所的一名电工，刚刚下班回家了，不过他家不远，出了招待所没几步就到了。

按照服务员所说，杨立群很快就找到了李奋斗的家，这是一间很简易的出租屋，杨立群走进屋时，李奋斗正忙着做午饭。看到杨立群突然来访，李奋斗略显意外，杨立群上前一把握住他的手，用力摇着道歉道："你是李奋斗！刚刚我没想起来，对不起啊！"

李奋斗显然不知道杨立群退休的事，他阴阳怪气地说：

"你是大市长，忘了我这个小市民，还不是很正常的事？"杨立群原本以为，在招待所内李奋斗态度不好，是因为自己没能及时认出他，现在自己都登门道歉了，谁知他还是那副怪腔调！

杨立群不禁有些恼火，当即质问道："老李，你是不是对我有什么意见？有话明说嘛！"

李奋斗瞪着杨立群看了半天，直看得杨立群心里发毛，随后又轻哼一声，说："你也不想想，当年我好歹是个所长，要是不出意外，怎么会落魄到今天这个地步？"

一听此话，杨立群心头一紧，急忙又问道："你告诉我，我到底哪里做错了？我确实不知道啊！"

李奋斗呼吸开始加重，他颤声道："你不记得当年你给我打的那个电话了吗？"被对方这么猛地一问，杨立群顿时觉得头脑发蒙，他皱着眉头想了半天，却怎么也想不起来，自己啥时候给李奋斗打过电话。

李奋斗苦笑一下，又说："你当然不记得了！可我到死都忘不了，就是你那个电话，改变了两个家庭的命运！"说到这里，李奋斗的声音竟有些哽咽。

李奋斗说得这么严重，杨立群听了更是心急如焚，就想马上知道真相，可刚要开口问清楚，李奋斗却抬头看看墙上的钟,说:"你现在什么都别问了,待会儿会来一个人,见到他,你就什么都知道了!"

话音刚落,一个身穿校服的大男孩跑进屋子,冲李奋斗喊了声爸,不用说,这是李奋斗的儿子。李奋斗对儿子说:"李旺,这位是爸爸以前的同事杨伯伯。"

李旺是个腼腆的大男孩,他冲杨立群喊了声杨伯伯好。杨立群拍拍李旺的肩膀,笑道:"小伙子不错!比你爸爸帅多了!"李旺脸色微红,害羞地低下了头。

说话间,李奋斗把饭菜端上饭桌,他招呼杨立群道:"跟着我们一起吃点?"杨立群急忙推辞说:"谢谢!不必了,我在这儿等你说的那个人就行!"

李奋斗让李旺自己先吃,然后在杨立群对面的椅子上坐了下来,盯着儿子吃饭。杨立群眼尖,他看到两行眼泪顺着李奋斗的脸颊滑落下来,很快,李奋斗又装作若无其事的样子抬手擦去了。杨立群隐隐觉得,这对父子之间仿佛藏着不可言明的故事。

李旺很快吃饱了,李奋斗对他说:"你上学去吧,我跟你杨伯伯聊会儿天。"李旺站起身,跟杨立群道了别,一路小跑着走了。

气氛有点尴尬,杨立群没话找话道:"老李你有福啊,生了个这么好的儿子！"

李奋斗瞥了杨立群一眼，说："李旺不是我的亲生儿子，他就是你要见的那个人！"

"啊？！"杨立群吃了一惊。

这时，李奋斗冷笑道："想起来了吗？2000年8月6号，在那个狂风暴雨的夜晚，通往丨里沟村的输电线路突然中断了！"一听十里沟三个字，杨立群猛地一个激灵，因为他岳父家就在十里沟村！

杨立群全想起来了：多年前的一天，他正在省城参加培训，到了晚上，他突然接到岳父打来的电话，岳父向他抱怨说："村里停电了，黑灯瞎火的啥都干不了！给镇上的电工打电话，他们也不管！你作为他们的领导，也不管管？"挂断电话，杨立群不禁有些生气，他立刻拨通了李奋斗的电话……

李奋斗继续说道："当时的大气情况，根本就不具备排障条件！我万万没想到你却给我打来电话，口气还十分强硬，根本不给我半点解释的机会就挂断了电话！说实话，当时我心里很矛盾，但毕竟你是我的上司，最后，我还是带上了值班电工李强，连夜顶风冒雨赶往十里沟。谁知，在排障的过程中，一根电线杆子突然倒了，正好砸在了李强的头上……"

李奋斗讲不下去了，他捂住脸，泣不成声。此时，杨立

213

群的心如坠深渊，他脸色苍白，颤声解释道："对不起啊！当时我人在省城，根本就不知道当地的天气状况。"

李奋斗擦了擦眼泪，摆摆手说："其实，这些年来我虽然有些恨你，但我更恨我自己。如果我当时能光明磊落点，不惧怕你的权威，不考虑自己的前途的话，这种事根本就不会发生！"

杨立群顿时觉得无地自容，他问李奋斗："这么说来，李旺……是李强的儿子？"

李奋斗点点头，说："事发后，李强的老婆撇下刚满月的儿子跑了，孩子的爷爷奶奶又体弱多病，没办法，我只好把孩子抱回家。而我自己被追了责、开除了公职，就沦落到今天这个地步了。"

直到此时，杨立群才想起来：自己当时参加的是省里组织的基层干部封闭培训，培训结束后，就被调离了电力部门，直接调进市里工作了。因此，李奋斗所说的那起事故，自己并不知情。

杨立群心情沮丧到极点，他不知道自己是怎样离开李奋斗家的。

当天，李奋斗就匆匆赶到岳父家，向岳父求证当年的事。

岳父显然还记得，他悔恨不已道："你也知道，当年家里的小卖部里摆了张麻将桌，那天晚上，又是刮风又是下雨的，不知怎的就停电了。当时我给镇上的电工打电话，电工说什么也不肯来，那几个打麻将的激我说，你姑爷不就是他们的领导吗？你现在给你姑爷打个电话，也好让我们看看你这个岳父有多大脸面！都怪我当时老糊涂了，才给你打了那个电话，害得赔上了一个电工的性命！"

杨立群听完，心中更是五味杂陈……

坑　神

叶凌云

　　老刘是单位人事科的，负责人员招聘。单位虽然不算是最有油水的那种，但也不是清水衙门，正式员工的职位还是很抢手的。老刘管了多年招聘，擅长挖坑，从没出过差错，人称"坑神"。

　　新来的局长找到老刘，让他拟一则招聘公告，然后小声说："这次只招一个人，你看看这材料，应该怎么写。"老刘接过简历看了看，心里有数，这是局长的女儿嘛，听说毕业后在北京闯了两年，估计是不顺心，回老爸的势力范围准备按部就班了。这点事弄不清楚，还能叫坑神？

第二天，老刘就拿着拟好的招聘公告给局长看，只见上面写着：招聘办公室人员，要求女性，本市户口，未婚，年龄 22 ~ 25 岁，身高 1.65 ~ 1.70 米，大专以上学历，计算机专业。作为经验丰富的坑神，老刘特意在公告下面写了一行小字：以上条件为初试条件。

局长看完，担心地问老刘："这条件有点宽泛啊，会不会来的人太多？你知道，我女儿学习成绩一般……"

老刘微微一笑说："您放心，这条件看似宽泛，其实暗藏玄机。您知道，咱们市挨着北京，本市这个年龄段又有实力的年轻人，大部分都跑去北京了，剩下留在家的都结婚早，很多大学没毕业就结婚了。加上这身高和专业一卡，也没多少了。何况这是初试，还有复试呢。"

尽管老刘说得没错，不过现在有事业编制的工作还是很诱人的，初试一下子来了上百人。局长的女儿在里面显得并不出色。

老刘胸有成竹地发布了复试条件：该岗位人员需要有接待能力，容貌端庄美丽，能歌善舞，有一定的酒量（白酒半斤）。

这复试条件一出来，立刻就卡住了大部分人。要说容貌端庄美丽的，候选人里有的是，但能歌善舞的就不多了，何况白酒半斤这条硬指标，直接放倒了大部分人。局长的女儿面不改色地喝了半斤白酒，成功过关。不过即使如此，仍然有十个人入围了。这让局长有些紧张了，老刘也颇感意外，现在这些女孩都不得了，本以为局长女儿天赋异禀，原来能人大有人在，看来不下狠招是不行了。

最后的终试，老刘定下了附加条件：该岗位人员需要性格活泼开朗，家庭完整，紧跟时代形势，对时尚有鉴赏力。局长对此不解，老刘告诉局长，经过调查，他发现这些考生里有几个是单亲家庭的，还有一个特能喝酒的，是从山沟里考出来的，对时尚肯定一窍不通。局长微笑着点头道："我女儿从小啥时尚买啥，这点我倒是放心的。"

坑神出手，手到擒来，老刘直接放倒了剩下的绝大部分竞争者，但没想到最后还剩下一个女孩，成了招聘小组的难题。论身高，女孩 1.7 米，比局长女儿高一厘米；论容貌，眼睛不瞎的都得承认这女孩比局长女儿好看多了；论计算机专业能力，女孩不论打字还是用软件，都比局长女儿厉害；说起唱歌跳舞，局长女儿最多是业余爱好者，这女孩简直有专业水准；喝酒就更不用比了，局长女儿喝吐了，人家还面不改色呢；就连老刘最后的撒手锏——时尚鉴赏力，女孩也毫不逊色，各类时装、包包、手表，如数家珍。

招聘组的人面面相觑，这下难办了，从初试到终试，社会上都知道整个过程，如果强行宣布局长女儿入选，还不捅了马蜂窝？无奈之下，老刘只得宣布先研究研究，后天公布结果。局长盯着可能毁掉女儿前途的对手看了很久，表情有点怪异，不过看起来倒不像很生气的样子。

事后，老刘满脸冒汗地去向局长请罪："局长，真是大意失荆州啊！我随后去调查了一下，才知道这女孩原来是咱们市皇朝 KTV 的金牌陪唱，怪不得能歌善舞，千杯不醉。而且皇朝专门对陪唱小姐培训各类时尚知识，培养她们的气质。想不到我挖了一辈子坑，最后竟然百密一疏。"

不料，局长笑眯眯地拍拍老刘的肩膀，说："别放在心上，这不是你的错。"局长的态度让老刘很是意外，但他依然很忐忑，他不知道后天公布结果后，局长还会不会这么大度。

万万没想到，第二天峰回路转，那个最强悍的对手宣布因为个人原因退出应聘。这样一来，局长女儿顺理成章地进了单位。老刘松了口气，感慨老天爷眷顾，坑神总算没有晚节不保。为了庆祝一下，老刘当晚就跑到皇朝 KTV 喝酒唱歌，唱歌时想起了那个女孩，就向服务员打听，想找那女孩一起唱。

服务员说："您换个人吧，她不在这里干了，有更好的去处了。"老刘惊讶地说："你是说她去一家单位应聘的事吧？

219

听说她放弃了啊。"服务员小声说:"不是,听说是被一个大官包养了。"老刘"哦"了一声,恍然大悟。

三个月后,因群众举报,单位设卡挖坑招聘局长女儿的事被纪委查实,老刘被开除,局长女儿被辞退,还连带着查出了局长贪污腐败、包养小三等一系列的问题。

老刘走出单位大门时百感交集:想不到自己挖了一辈子的坑,最后挖了这么一个大坑,把这么多人一起埋里面了。

难啃的骨头

湛鹤霞

罗金满是做原材料生意的，近几年，他惯用"以次充好"的手段，在省里几个大项目上赚得盆满钵满。

这天，项目试验检测员小赵打来急电："罗老板，不好了，今天省质监站来突击抽检，抽到了你昨晚刚运到工地的防水卷材，这可怎么办啊？"罗金满却咧嘴一笑，说："好办，晚上跟我跑一趟吧。"

罗金满果然不是吃素的，他很快就把这次抽检的主要负责人给打听到了：此人姓包，外号叫包青天，看上去三十岁左右，新调来的，还没结婚，住在公司……

晚上，罗金满和小赵就直奔包工的办公室，果然，包工还在加班，正有条不紊地在给抽检样品进行编号。

罗金满和小赵进行了自我介绍，包工扫了他俩一眼，问："找我有事吗？如果没有事，请不要干扰我的工作。"

罗金满赶紧满脸堆笑地说："没其他事，我们想请包工出去洗个脚。"

包工坚决地摇头："对不起，我从来不洗脚的！"

罗金满闹了个满面通红，马上说："那、那我们请包工出去吃个宵夜。"

包工又坚决地摇头："对不起，我从来不吃宵夜的。"

罗金满蒙了，他从没遇到过这么不给面子的人。小赵捅捅他的胳膊，轻声嘀咕道："这下算碰到难啃的骨头了。"

罗金满缓了一口气，抽出一根烟递给包工，试探道："请抽烟，省交通厅的副厅长马栏山，熟悉不？"

包工眨了眨眼睛，反应了一下，点点头，道："副厅长马栏山，1958 年生，汉族人。身高 173 厘米，体重 67 公斤，胸围……"

罗金满听傻了，这包工对马副厅长可不是一点熟悉，简直就是了如指掌，这私交肯定不一般！

罗金满大喜，赶紧赔笑说："我是马副厅长的小舅子呀！

包工.既然跟马副厅长熟，那我们就是朋友啦！"罗金满向包工伸出了手，包工也伸出手，与他握了手。罗金满窃喜，心想：天下哪有真正难啃的骨头呀？无非就是啃的方法不对而已。罗金满趁握手之际，把一个装有五千元的信封送到包工手里，说："包工，我有事求您帮忙。"

包工问什么事，罗金满指着工作台上的样品，说："我工地上有一批报废的防水卷材，您说怎么就那么巧，今天还真给你们抽到了，这不，我重新送了一份样品过来……"

包工低头愣了几秒，随即抬头问："你想干什么？"

罗金满直截了当地回答："我想把样品换过来。"

包工问："你要用合格的样品，把不合格的样品换出来，是不是？"

罗金满尴尬地笑了笑，点头回答："是！自己人，不说两家话，嘿嘿……"

包工问："信封里是什么？"

罗金满赶紧说："五千块钱，五千，够不够？"

包工问："你想用五千块钱更换样品，是不是？"罗金满连连点头，道："是，是，是！"谁知包工斩钉截铁地回答："不行！"

罗金满很尴尬，按照以往的行情，五千块钱不算少。他望着包工，赶紧从包里又抽出一叠钱，塞进信封里，低声下气地说："错了，错了，刚才搞错了，是八千，八千！"

包工头也没抬，说："八千块钱更换样品，是不是？"罗金满怯怯地回答："是……"

"不行！"

罗金满的眼睛瞪得如牛铃般，他望了望小赵，小赵也没主意，只好又指指罗金满的皮包，意思是再加码试试。罗金满只得又往信封里加了一叠钱。正准备递给包工时，房间里响起一阵闹铃声，包工立马站起来，指了指天花板上的电灯，冷冷地对罗金满做了一个"请出去"的动作，说："对不起，九点钟了，我要关灯下班了。"

罗金满顺着包工手指的方向，也望了望天花板，这一望，他吓出一身汗来。他看见了一个摄像头！罗金满退出办公室，狠狠地给自己甩了一个耳光！怪不得包工一次又一次地说"不行"，原来"有苦难言"啊！罗金满再回头看包工，只见他不紧不慢地收拾着桌上的资料，然后关闭了电灯和门。

罗金满想在门外等，可等了好久，也没见包工出来，便从窗户缝那儿朝里看，不禁惊呆了：只见包工从墙上取下一块蓝布，把自己从头盖到脚，就这么挨着墙角睡下了，根本没有要出办公室的意思！

小赵说："罗老板，这块骨头啃得下不？"

罗金满冷冷一笑："越难啃的骨头，才越有啃的价值！"

第二天天刚亮，罗金满就揣着个两万元的大红包，守在包工的办公室门口，等他出来洗脸刷牙。可是，都快八点了，屋里还没动静。罗金满忍不住凑到窗台上看，却看见包工还睡得死死的呢！看来，只好继续傻等。

八点二十分，房间里终于响起了闹铃的声音。罗金满赶紧调整好站姿，等待包工出来。这时，一位女士来上班了，她和包工同一个办公室，她边开门，边问罗金满："你站这里干什么？"罗金满点头哈腰，道："我找包工。"

女士上下打量着罗金满，罗金满也对她一番打量，他突然灵光一闪，把女士拉到一边，悄悄塞了两百块钱，轻声问："这位美女，你可以帮帮忙不？"

女士摆摆手，道："对不起，恐怕和包工有关的忙我都帮不上，权限不够。要帮，你也得去找王海洋。"说着，女士就进了屋。

王海洋是谁？罗金满一头雾水。这事要是再多惊动一个人，恐怕整个检测中心都知道自己这点猫腻了。罗金满可不傻，眼下还是搞定包工要紧。

罗金满跟进办公室，对着包工热情地招呼："包工，还没吃早餐吧？走，一起吃早餐去！"

包工摇摇头，好像不认识罗金满似的，说："找我有事吗？如果没有事，请不要干扰我的工作。"

罗金满心想：怎么这台词和昨天一模一样？难道是办公室里有别的同事在，包工在故意避嫌？罗金满悄悄地挨近包工，把怀里的红包递过去，小声说："还是昨天的事，请您通融通融。"谁知包工直接转头对旁边那位女同事说："杨工你好，这位先生请求换样品，请求次数超过三次了，你给他填张表格吧。"

女士从抽屉里拿出一张送检单位信息表递给罗金满，罗金满一看，要求他填写个人信息、经销的材料覆盖项目，以及所需要更换样品的原因，等等。罗金满心里一"咯噔"，有种不祥的预感：这表格一填，自己的情况还不被质监站掌握得清清楚楚了？这根本就是个坑啊！他把表格递了回去，说："我不换了，不换了！"说着，他把红包一收，匆匆走了。

见罗金满又灰溜溜地从检测中心出来，小赵问："这块骨头还啃不啃？"

"当然啃！"罗金满还不死心，因为他还有最后一个撒手锏——姐夫马副厅长。果然，马副厅长很给力，几个电话就把包工约到了。

第二天上午，罗金满坐在姐夫办公室等包工。九点整，包工来了，同来的还有一位戴眼镜的小伙子。小伙子问："请问这是马副厅长办公室吗？"

马副厅长不太高兴地反问："你是谁？我只请了包工。"

小伙子不好意思地说："我叫王海洋，我是质监站科研院的程序员。因为'包工'是我负责研制出来的仿真人形机器人，听说您找他有事，所以我就把他带来了。如果您对'包工'有意见，敬请指导批评。"

罗金满听到这儿，惊得下巴都快掉了，还是马副厅长镇定，一本正经地说："机器人设计得很不错！但其中有一项填表的程序，我想了解一下，是怎么回事。"

王海洋马上回答："鉴于这几年检测员受贿，被串通换样品、更改检测数据情况很严重，上级要求我们研发了这款'不受贿的机器人'。为了进一步掌握行贿者的具体资料，所以，上级要求我们添加了一道程序，将频繁要求更改样品的人全部记录在案，列入黑名单。"

罗金满听了这话，吓出了一身冷汗，没想到检测中心为了防他这种人，竟出动了机器人！呵，想他罗金满再有勇有谋，可自己这肉身凡人和机器人还有什么好斗的呀！此刻，他竟有一种如释重负的感觉：看来，以后还真得老老实实做

227

生意，再不操那钻空子的心了！

后来，罗金满乖乖接受了抽检不合格的相关处罚，从那以后都本本分分地做生意，日子过得倒也太平了。

谁知几个月后的一天晚上，罗金满接到了一个电话，电话里的人这么跟他说道："罗老板，八千块，一次付清，以后你换样品不需要填表，我保你一路绿灯。很简单，就是改改程序的事儿，怎么样，干不干？"

罗金满一惊，问道："你……你是王……"话还没问完，电话就挂断了。

罗金满举着电话，久久不能平静，他叹了口气，说："唉，恐怕最难啃的不是铜墙铁壁，而是烂透的人心啊！"

签　字

吴水群

　　阿强喜欢书法，工作之余，经常在家里写写书法。经过十几年勤学苦练，他虽然没能成为书法家，却练就了一手模仿笔迹的功夫，仿谁像谁，真假难辨。

　　这天下午，朋友李建来找阿强。李建是一家单位的会计，他神秘地问阿强："强哥，你能不能帮小弟一个忙？"

　　阿强一拍胸脯，爽气地答应下来。

　　李建很高兴，说请阿强模仿他们局长的笔迹，在发票上签个字。

　　阿强一听是干这事，当场就把李建狠狠数落了一顿。

229

这李建吃了熊心豹子胆了，居然敢拉自己一起做违法乱纪的事！

李建见阿强态度强硬，便愤愤不平地说道："强哥，你是没在我这位子上。你知道吗？我们单位那些头头们，他们出门食宿、招待朋友、购置家具、家里装修，甚至连老婆小姨子的内衣内裤卫生用品都能开票报销。他们凭什么呀？不就凭自己是领导嘛！他们能大把大把花老百姓的钱，咱老百姓自己为啥就不能花？"

阿强听了这番话，觉得有点道理。架不住李建软磨硬泡，最终他还是松了口，答应帮忙。

第二天，李建果然拿着两张发票来找阿强。阿强看着一张局长已经签过字的发票，随后大笔一挥，另一张上就出现了局长的签名。李建把两张发票并排放到桌子上一对比，眼睛都瞪圆了："旷世奇才呀！简直神了，这字模仿得也太像了，就是局长本人也休想辨认出哪个是真，哪个是假！"

此后，李建仿佛找到了效益最高、周期最短、风险最小的发财项目，每隔几天就拿着发票来找阿强。

阿强签了四五次之后，就不干了，他对李建说："我帮你一两回就算了，你还真想当职业干啊？"

李建拍拍阿强肩膀，又从口袋里掏出一千块钱，说："强哥，现今社会谁还没个应酬？以后强哥上街消费，一定记着开票！我这个当会计的一定帮你报销，那多有面子啊……"

李建最后这句话刺到了阿强的软肋，阿强一贯喜欢显摆。他想象了一下，每次和亲戚朋友出去吃完饭，自己一挥手说："开票，我能报销！"这多有面子啊！想到这儿，阿强脸上又出现了灿烂的笑容，他对李建呵呵一笑，说："那就有劳兄弟啦……"

第二天是休息天，中午，阿强非拉着老婆进了一家很有档次的酒店。阿强神气地对老婆说："想吃啥随便点！"吃过饭，阿强终于盼来了显摆的时刻，他大声冲服务员喊道："买单！"付过钱，服务员正要找零钱，阿强又很神气地一挥手，说，"开票，我要报销！找零不要啦！"服务员高兴极了，立刻恭维了阿强几句，然后满脸堆笑地拿发票去了。

走出酒店，老婆伸手就拧住了阿强的耳朵，骂道："就你还给人家小费？你一个小职员摆什么阔，谁给你报销？"

阿强看着怒气冲冲的老婆，得意地把头一甩，说："不是领导咋了？只要有好朋友罩着，咱照样享受领导待遇！记住了，以后你请客吃饭，一定要开票，咱有朋友，能报销！"

阿强这一显摆，老婆还真信了。

一个星期后，老婆的姑妈过生日，老婆和阿强一块儿前去祝寿。姑妈家里有钱，把寿宴安排在市里最豪华的蓝天大酒店。进了酒店，老婆有心要显摆，悄悄问阿强："这里吃饭你也能报销？"阿强没正面回答，只是对老婆的姑妈说："宴席安排一定要上档次。我能报销，这单我买！"

老婆的表哥是这次宴会的总负责，他听阿强这么一说，就恭敬不如从命，把用餐标准提升了好几个档次。

菜是好菜，酒是好酒，宾客们可高兴了，大家推杯换盏好不开心。可就在酒宴快要结束的时候，突然，外面传来了打骂声。阿强过去一看，只见老婆的表哥正和一个胖子扭打在一起。阿强和酒店的服务员跑上前，总算把两个人拉开，并弄清了他俩打架的原因。

事情是这样的：刚才表哥去洗手间时碰到了这个胖子，两人都喝多了，走起路来都是摇摇晃晃脚步不稳，结果，两个醉汉就撞到一块儿，摔倒在地。他们互相埋怨，话也越说越难听，后来就扭打起来……

按说事情不大，劝开也就算了。可胖子在扭打中吃了亏，他那边的人不肯罢休，拦着表哥就是不让走。

阿强当天也喝了不少，他借着酒劲，上前就教训起了胖子："你以为你是谁啊？也不看看站在你面前的是谁？我是局长，再敢撒野，我一个电话打过去……"

阿强不仅会模仿领导的笔迹，模仿领导也很有腔调，硬是把对方的嚣张气焰给压了下去。

阿强几句大话摆平此事，心中暗暗得意。可等到他买单的时候，就惊呆了：我的妈呀，这三桌宴席加上酒水，一共花了一万零八百块。

阿强心中纠结了一阵子，慢慢也就想开了：我怕什么？不就一万多块钱嘛！我有李建，他能帮我报销呀。

走出酒店，老婆不放心地问阿强："你到底能不能报销啊？这一万多块可是我小半年的工资……"

阿强就安慰她说："姑奶奶，你就放一千个一万个心吧！我阿强啥时候办过没把握的事……"

话虽这么说，但钱拿不到手，阿强心里还是不放心，一直盼着李建来找他签字。半个月后，李建终于来了。阿强拿出发票，李建一瞥，当场就跳了起来："我的妈呀，你也真敢花，一万多呀……"

阿强满不在乎地说："我模仿局长签了字不就能报销了吗？"

李建哭丧着脸说："强哥，冒充领导签字这事以后弄不成了。这几天检查组来我们单位大检查，天天查账，我真是胆战心惊……"

阿强听李建这么一说，心中暗暗叫苦：兄弟呀，你这下可把我害苦了！一万多，一万多啊！我可咋向老婆交代？

　　阿强收不回来钱，还要给老婆一个交代。他只好找朋友借了一万块钱，说是李建帮他报销的。

　　阿强白白贴出去一万多，还在胸闷，老婆又告诉他一个坏消息："坏事啦！李建因为贪污被检察院抓起来了……阿强，你不该找他报销那一万多块钱啊！这一审查，他还不把你找他报销的事交代出来？"

　　阿强暗自庆幸，也就坦白交代了："放心吧！其实我根本就没找李建报销，全是我跟朋友借的！我阿强是有原则的人……"

　　后来几天，阿强还是提心吊胆，就怕李建把自己供出来。就在他忐忑不安之时，李建突然找上门来。一见面，阿强赶忙问他："兄弟，你可把我吓死了！你、你没事了吧？"

　　李建四下看看，说："我不就是小打小闹，报了几次小票嘛！我都坦白交代了，而且把钱也退回去了，没大事。不过，我们局长可摊上大事了。他贪了好多钱，肯定是出不来了！"突然，李建话锋一转，乐呵呵地说，"要说我们局长这次落马，其实全是你强哥的功劳……"接着，他就说出了整件事情的来龙去脉。

原来，那天阿强在蓝天大酒店冒充领导说了一番大话，看似把事情摆平了，可实际上，却惹毛了那个和表哥打架的胖子。胖子怀恨在心，又碰巧认识酒店的收银员，就向他打听阿强的底细。这收银员不认识阿强，但把阿强开发票的事告诉了胖子。胖子一听，阿强一顿饭吃掉了一万多块钱，还要发票报销，就认定阿强是个贪官。随后，他又根据发票的抬头，举报了阿强这个"局长"。纪委接到举报，随即就派人到李建单位调查。这一调查，虽然没有查到蓝天大酒店那张一万多元的发票，但却歪打正着，查到了正牌局长的贪污证据……

一顿饭的故事

高国俊

李家洼有个老汉，名叫李清廉，今年七十挂零。此人有个不雅的毛病，从小到大，出了名的嘴馋，可家里哪有想吃啥就有啥的条件？好在他有个在县一中担任总务主任的儿子。

李老汉的儿子叫李正，他和妻子都是在教育系统拿死工资的人。每次李老汉带着"仁核桃俩枣"以想孙子为由登门时，李正两口子必须得动荤，让李老汉吃得满嘴油光。次数一多，李老汉从儿媳的眼神中读出了不满，于是他尽量克制着肚子里的馋虫。

前几天，李正打电话给李老汉，说他表哥调县里当副县长了。李老汉听后喜出望外，正好馋瘾又犯了，他心想：这次我要去外甥那里吃一顿，亲娘舅嘛，他不该好好招待？又一想，这次进城千万别让儿子两口子知道，知道了又要笑话我馋了！

说走就走，李老汉稍一打扮，就坐车去了县城，找到了他外甥赵副县长的办公室。赵副县长一见亲舅来了，忙高兴地迎上来："舅，您咋找来了？"李老汉端着架子板着脸："你平常忙，没空去乡下看我，我想外甥心切，只好来看你了！"赵副县长又是沏茶又是递烟："让舅挂念了，您喝茶！我打个电话。"说着他进了里间。

赵副县长把门一关，打起了电话："钱局长。"接电话的是县教育局的钱局长："赵县，有何指示？""是这么回事，我舅从乡下来了，快一年没见，七十多岁的人倒过来来看我，按说我应该今天中午好好陪陪他老人家，可苏副市长一个战友今天经过咱县，苏市指名道姓让我接待……""赵县，啥也别说了，您忙您的，您的舅就是我的舅，我保证把咱舅伺候好！我这就过来接他老人家！"

李老汉刚喝完一杯茶，办公室进来一位又矮又胖的中年男子，看看李老汉，问赵副县长："赵县，如果我没猜错的话，

237

这位就是咱舅对吧？"李老汉正疑惑呢，就听赵副县长对他说："舅，您今天来，本该我亲自陪您，可市里有位领导……"李老汉一听，忙大度地一挥手："你们忙你们的，工作要紧！"他正准备抬腿走人，不料被赵副县长伸手一拦："舅，到了吃饭时间，我能让您走吗？"他又一指刚进来的那位，对李老汉说，"这位是我的好兄弟，您跟他去，想吃什么尽管点。"李老汉笑着说："还是自己的亲外甥知道疼舅啊！"

来人正是县教育局钱局长，很快他开车带着李老汉来到县一中门口停下，对李老汉说："舅，您先坐着别动，我下去打个电话。"接着钱局长来到僻静处打起了电话："孙校长。"接电话的正是一中孙校长："钱局，有何指示？""是这么回事，我舅从乡下来了，七十多岁的人倒过来来看我，本该我亲自陪他，可市教委有个老同学在'满江红'订了桌，非叫我过去……""别说了，钱局，您的舅就是我的舅，我保证把咱舅伺候好！"钱局长又对孙校长说："他愿吃啥喝啥就让他自己点，别心疼钱，回头报个数……""哪里话？给咱舅花点钱我高兴！行了，现在咱舅在哪儿？""就在你的一亩三分地大门口。"

不多时，一位又高又瘦戴着眼镜的中年男子出现在县一中校门口，这位就是孙校长。孙校长先冲驾驶座上的钱局长

238

打了个招呼，又冲车里的李老汉笑眯眯地叫了声"舅——"，然后打开车门钻进车里，和李老汉紧挨着坐下。

不一会儿，他们来到一个叫"上一档"的酒店前，车一停，钱局长回头对李老汉说："舅，您跟着他去，待会儿我来接您。"

等钱局长开车离去，李老汉跟着孙校长来到酒店大厅。孙校长在前台给李老汉要了瓶可乐说："舅，您先在沙发上坐一会儿，我去打个电话。"说着他边往外走边拨通了手机："小李。"小李在电话那头问："孙校，有何指示？""是这么回事，我舅从乡下来了，七十多岁的人倒过来来看我，本该我好好陪陪他老人家，可刚到'上一档'，就来了个电话，我老丈人住院了，要是去晚了，你嫂子的脾气你又不是不知道……""您放心，包在我身上！孙校，您的舅就是我的舅，我这辈子还没伺候过舅呢！""那太谢谢了，晚上我把钱……""别提钱，我还要谢您呢，是您给了我这次做外甥的机会！""你小子，我心里有数！十分钟之内你过来，舅在大厅，手拿可乐，穿一身青，本山帽。吃完饭后把他带回学校。"

打完电话，孙校长折回大厅，对李老汉说："舅，您在这儿稍坐，我都交代好了，待会儿有人过来陪您，好东西尽管点！我老丈人进医院了，我得马上赶过去。"李老汉一听，忙感激地一挥手："快去医院，救人要紧！"

239

不到五分钟，有个四十多岁的男子出现在"上一档"酒店大厅。李老汉一见，惊得一下从沙发上弹了起来，因为来人不是别人，正是他这次进城解馋想要躲着的儿子李正。

李正也发现了父亲，奇怪地问："爹，您怎么在这里？"李老汉支支吾吾道："我……我，正，你咋也来这里？""我们孙校长让我过来陪他舅。"李正环视了一下大厅，见没其他人，就紧盯着李老汉问，"爹，孙校长让我招待的人就是您吧？您什么时候多了这个外甥？"

李老汉见实在瞒不住了，只好把进城来看外甥赵副县长的事和盘托出。李正听父亲说完，眨着眼想了想说："爹，今天这种场合我们父子俩不能相认。从现在开始，一直到我把您交到孙校长手里，我得改口叫您舅！"

李老汉一听，火了："神经病！为啥叫舅？我这就回去！"李正忙摆手制止："别，这个多米诺游戏不能毁在我这个环节上。""什么游戏？""您别问了，当务之急是用餐,您跟我走！"

进了包间，李正对李老汉说："爹，不，舅，您想吃什么尽管点，别考虑钱。"李老汉呆了好久，竟一个菜也没给点上。李正翻着菜谱，想着父亲平时爱吃而自己又舍不得给他买的菜,点了一桌，又要了瓶酒倒了两杯。接着，李正叫过服务员，让对方给他们拍了几张笑着碰杯的照片。

席间，李老汉不解地问："正，你实话告诉我，我今天被倒来倒去的，他们打电话都背着我，这到底是怎么回事？是不是你表哥当了县长，看不上我这当舅的，拐弯抹角地把我送到你这儿？"

李正摇摇头说："您想哪儿去了！现在社会上有这么条顺口溜：原先吃公款，后来吃老板，现在吃下级，下级想拒绝，谁敢！县官不如现管，官大一级压死人啊！"

李老汉又问："那，今天咱这顿饭钱应该谁管？"

李正说："该您的外甥——赵副县长管。因为今天您是到他那儿做客！但是县长派局长，局长派校长，校长派我这总务主任。最后落到我头上，我好意思去校长那儿报销？校长好意思去局长那儿报销？局长敢去县长那儿报销？笑话，巴结还来不及呢！说句您不爱听的，今天要不是正好碰上我亲爹，我也能往下派，老师、家长……"

"啪！"李老汉一拍饭桌站了起来，"这是什么风俗啊！不错，我是馋，但我从不占外人半点便宜！你们太让我伤心了！这顿饭我吃得不明不白。怪不得今天你这么大方，还把这桌酒菜照下来，是不是为了讨好你上级？"

见李正不说话，李老汉怒道："不吃了，回老家！"

一只斑鸠

司健安

那天，刚下过一场暴雨，老李头在村口的一棵老杨树下，捡了一只还没出窝的黄嘴小斑鸠。老李头看它怪可怜的，就揣进怀里，带回家养了。

老李头的儿子李飞在县城上班。前两年，儿子怕老李头一个人在老家过日子憋闷，还给他买过一只鹦鹉，可那鹦鹉太娇贵，没多久就被他养死了，留下了一只精致的鸟笼。老李头把小斑鸠放进鸟笼，没事就带着斑鸠在村里遛弯。

过了一个多月,老李头看斑鸠的羽毛丰满了、翅膀结实了,他就提着鸟笼去了当初捡斑鸠的那棵树下,想放生。看着斑鸠扑棱着翅膀飞上树枝，老李头心里酸酸的，养了那么多天，有感情了呢！老李头蹲在树下抽了一根烟，站起来转身回家。哪知道他没走多远，那只斑鸠竟然又回来了，稳稳地落在了他的肩头，无论老李头再怎么赶，它也不走了。

从那以后，老李头遛弯再也不用提着鸟笼了。他在路上走，斑鸠或站在他的肩头，或跟着他在天上飞，亲昵得很。这下，老李头和他的斑鸠出名了，村里村外的，总有人跑来看稀罕。

这天，老李头正在村口遛弯，有人打招呼："李大爷，遛鸟呢？"老李头扭头看，是个年轻人。那年轻人接着问："李大爷，您不认识我了？我叫牛保，牛家屯的，咱们前后村啊！"

这么一说，老李头想起来了："认识，咋不认识哩？你爹叫牛犊，开皮革厂的大老板，对吧？"

牛保点着头，说："对，牛犊是俺爹。李大爷，您这养的是啥鸟啊？"给老李头点上烟，牛保指着他肩膀上的斑鸠问。老李头抽了一口烟，说："捡来的斑鸠，养着玩的，没想到被赖上不走啦！"

牛保"嘿嘿"笑着，说："在您这有吃有喝，多得劲儿啊！要是我，我也不走。"牛保一边说，一边前前后后地盯着那只斑鸠看，看着看着，他满面惊喜地对老李头说："李大爷，您发财了！"

这句话说得老李头一头雾水：“咋着我就发财了呢？”

牛保凑近老李头，一拍大腿，说：“您这根本就不是斑鸠呀！”

这话说得老李头一愣，把斑鸠从肩膀上取下来，捧在手里仔细看了看，说：“看你这娃说的，这明明就是斑鸠嘛，我眼又不花。”

牛保想伸手去摸斑鸠，那斑鸠却一下子飞上了树。牛保看着树上的斑鸠，说：“大爷，这确实是一只斑鸠，但也不是斑鸠。”

老李头彻底迷糊了：“那你说，它到底是啥鸟？”

牛保挠挠头，想了一会儿说：“大爷，咋给您解释呢？‘九狗成獒’的说法，您听说过没有？”

老李头摇头。

牛保说：“我听说在有些地方，猎狗要是一胎产下九只以上的狗崽，有经验的猎人就不让老狗喂奶，直到狗崽子差不多全饿死，只剩最后一只，再让老狗单独养。这狗长大了凶猛得很，狼见了都怕！您知道为啥？因为这只狗崽是母狗和狼杂交生的，就叫‘獒’！”

老李头听得瞪大了老眼，牛保咽了一口唾沫，接着说：“您这斑鸠也是这理儿，它是鸽子和斑鸠交配产下的，叫‘鸠鸽’，是一种特别稀罕的鸽子。要不，咋会跟人这么亲近呢？咱们这一带的斑鸠都是棕色的，但是您看，您这只羽毛是棕红色的，还有这爪和尾，都是鸽子的特征嘛！您知道吗，这只特殊的鸽子，训练好了，将是一只很出色的信鸽！至少也能卖个十万八万的。我这些年倒腾了不少信鸽，这点眼力见儿还是有的。"

老李头半信半疑地说："你这孩子说鬼话逗我玩吧？"

牛保笑着摆摆手，说："您看，我骗您干啥？骗您对我有啥好处？"听他这样信誓旦旦，老李头像是有些信了，问："那——咋训练呢？"

牛保笑着说："那可不是一天两天的功夫，而且要是由您训练，恐怕一百块钱也没人要喽！"

这话说得老李头有些失望："说了这半天，不还是白搭？"

牛保忙说："大爷，您别急啊！这样吧，给您五万，我拿回去养，去训练，行不？"

老李头忙摆手说："别！乡亲们知道我一只斑鸠要了你那么多钱，还不戳断我的老脊梁骨！要我说，相准了，你拿走养就是，要是赚了钱，打瓶好酒咱爷俩喝点儿，啥都有了！说到底，不就是一只捡来的鸟娃子？"

牛保忙说："乡里乡亲的，我咋说也不能赚您老的昧心钱，不然我爹还不打断我的腿？再说了，您放心，没有把握，我也不敢干！"

老李头手摆得风舞荷叶一般，就是不同意。牛保想了想，说："这样吧，我帮您介绍个买主，您落个安心钱，我赚个介绍费，行不？"

老李头想了想，答应了。

第二天，牛保果真带来一个中年人，爽气地把五万块钱摆在了老李头家的桌面上。

老李头已经把鸟装进了笼子，他指着笼子问牛保他俩："你们看清楚、考虑好了吗？买亏了我可是不退货啊！"

牛保和那人忙点头。老李头打开鸟笼，取出鸟向天上一抛，那鸟展翅摇翎直冲云霄，眨眼间飞得无影无踪，把牛保和那个中年人看得目瞪口呆："大爷，您这是干啥？"

老李头笑着"哼"了一声，转身去了里屋，又取出一个鸟笼，指着笼中的斑鸠，对牛保说："这个才是昨天你看的斑鸠！刚才那只，就是一只地地道道的信鸽。你说，你俩连斑鸠和信鸽都分不清楚，还过来忽悠我，到底想干啥？"

都到这个份儿上了，牛保还嘴硬呢："大爷，我刚才没看清楚。您这只斑鸠，跟咱们这一带的鸽子颜色还真差不多呢！"

"颜色差不多？"老李头"哈哈"一笑，"我的斑鸠是棕红色，你忘了？告诉你们吧，我孙子爱养信鸽，他见我养了一只斑鸠，就想着让斑鸠和鸽子配对，看能不能培育出新品种。我想着，这事还真没怎么听说。那臭小子怕鸽子不干，才把斑鸠染成了和鸽子羽毛一样的灰黑色，然后把它俩关在一个笼子里。结果呢，白费劲，斑鸠和鸽子根本看不对眼！"老李头一边说，一边扒拉着斑鸠染过色的羽毛，给牛保他们两个看。

看清楚之后，老李头接着说："昨天，你一过来说我这斑鸠是什么'鸠鸽'，我就估摸着你是在糊弄我呢！但我不知道你是出于什么目的，所以才来了个缓兵之计。你走后，我特意给我儿子打了个电话。李飞对我说，县环保局正在搞水污染治理，让你们停产改造皮革厂的污水处理系统。你爹去找他这个当局长的求情，被他拒绝了，所以你才来我这里糊弄我，变着法子给李飞行贿，是不是？"

牛保见诡计被拆穿，尴尬地低下头。

老李头说："牛保啊，回去给你爹说，把钱花在正经地方吧，别净想这些歪门的招数！我是李飞他爹，能把儿子往弯路上送？"说完，他打开鸟笼，把斑鸠放了出来。那只斑鸠，估计是在笼子里面憋得太久，出了笼子的第一件事就是蹲在树枝上拉便便，一摊稀稠相间的斑鸠屎，正巧落在牛保的额头上，还顺着脑门流了下来……

老李头一看，"哈哈"大笑："都说斑鸠傻，我看这斑鸠精明着呢，它这是让你也体会体会，被'污染'是个啥滋味儿！"说完，老李头随手扯了一截雪白的卫生纸，给牛保递了过去。

镇长领低保

覃　旭

　　这天，城关镇民政办工作人员小李接待了一个人。说起这人，当年可是全县有名的人物，他叫刘抗美，做过城关镇镇长，因为贪污受贿被判了十年刑，之后老婆跟他离婚了，正在读大学的女儿跳楼了，老娘气死了，总之是家破人亡，现在刚刚刑满释放。

　　小李愣了好一会儿，才想起问对方来干什么。刘抗美面含笑意，清清楚楚地说："新学生深造毕业，回来申请低保。"

　　刑满释放分子也申请低保？小李在心里嘀咕，审视了他几秒钟，看样子不像是开玩笑，就让他等着，自己跑到卫生间，打手机请示上级领导——民政办低保股股长韦丽珠。

听完汇报，韦股长说："刘抗美六十多岁了吧，如果不出事，也该退休享福了。他没工作没收入，当然应该给。"

小李说："给坐过牢的人发低保，会不会影响不好？"

韦股长说："政策负责保障公民的基本生活，不管他做过什么。"

于是，小李回到办公室，拿出申请表叫刘抗美填。刘抗美认认真真地填写起来，很快，就把表格交给了小李。

小李接过表格一看，眉头拧起来，说："你这是什么意思？重填！"说完，他把表格一撕，拿出一张新的。刘抗美不高兴了，说："我想用这种方式纪念一下他们，有错吗？"

小李见劝说无效，就跑出去打电话向韦股长告状。韦股长问小李："刘抗美乱填什么了？"

小李气咻咻地说："配偶、子女、父母，他确实是没有的，可以不填，或者填'无'，他可倒好，不但全部填上姓名，还在备注栏里分别填了'离婚'、'自杀'、'气死'。这不是公然向政府喊冤嘛！"

韦股长连忙说："他实在不愿改，就算了吧。他有怨气是他的事，我们可得按政策来。申请表你送过来，我负责审批。"

小李一边答应，一边生气地说："他以为自己还是镇长，可以说一不二呢！"

刘抗美的申请，韦股长审核通过了，正准备给他办低保存折时，他却直接找上门来，一见面就开门见山地问："韦股长，我的低保怎么样了？"

韦股长说："今天给你办存折，办好以后会通知你的。"

刘抗美当即摇头，说："不对吧？新增低保人员不是要公示一周吗？"

韦股长一愣，感觉来者不善，看来他不仅是找茬，而且还有点训人的意思。她忍了忍，解释道："这次全县新增低保对象只有你一个，谁不知道你一无所有？公示了也没人能提出有效的异议，白浪费纸，我打算省了。"说到这里，韦股长乘机反击道，"老兄，这对你的面子也有好处。"她想：一个堂堂的原镇长，如今落到领低保的境地，你还牛什么？

没想到刘抗美不但不领情，反而坚决地说："一定要按程序公示，这是原则问题！"这完全是领导的口气啊！

韦股长不买他的账，赌气地说："我就是不公示，你不要拉倒！"

刘抗美不紧不慢地说："你不按程序走，到时候别怪我投诉。"

韦股长被气得够呛，可刘抗美说得冠冕堂皇，她也没办法，于是只好说："好好好，先公示一周！你想让别人嘲笑，我不拦你！"

刘抗美笑笑，没说什么，走了。

韦股长拟好公示，贴了出去。不料，不到半小时，刘抗美又来了，说："公示内容过于简单，得返工。"

经过那么多年的监狱生活，官腔还是没改！韦股长反感地说："你有完没完？我们以前都是这样公示的！"

刘抗美说："你别着急呀。我跟一般低保对象不同，得在公示上写清楚我的身份：原城关镇镇长。"

哈哈，韦股长嗤笑一声，心想：见过不要脸的，还没见过这么不要脸的！她说："想加什么你自己往公示上写，我没空！"

刘抗美正经八百地说："手写不严肃，有损你们的威信，还得重新打印。"

韦股长完全没脾气了，就说："好，好，就按你说的办，行了吧？"刘抗美这才没话了。

重新公示后，果然没有收到异议。时间一到，韦股长就叫小李将存折领回去，通知刘抗美来拿。她本以为这事就了啦，万万没想到，刘抗美又来找她，要求搞一个发放仪式，而且要有记者和摄像师到场，日后要报道出来。

韦股长在内心感叹：官瘾害人不浅啊，都落魄到领低保这般地步了，还念念不忘要上镜头！想到对方是个难缠的主儿，她就说："发放仪式我可以搞，但记者和摄像师，我实在无能为力。"

韦股长以为刘抗美会知难而退，不料他自己找来了记者和摄像师，韦股长只好给他搞了个简单的发放低保仪式。不久，县电视台播放了刘抗美领低保的新闻。

几天后，韦股长去上班，刚进单位大门，门卫就交给她一封信。她很好奇，回到办公室后打开信，发现是刘抗美写的。信上说——

韦股长：

请原谅我给你添了那么多麻烦，感谢你满足了我的过分要求。我这么张扬，不为别的，就是想提醒全县在位的领导，要以我为戒:权力在手更要自律，如果你拿了不该拿的东西，就会面临像我一样的后果。大罪不死，唯有感恩，我想尽力为社会做些有用的事情，这次办理低保故意为难你的地方，正是我行动的一部分，希望你谅解……

值钱的书法

钱 岩

老邓退休后迷上了练书法。一段时间坚持下来，字写得有模有样了。邻居和朋友看了老邓写的字后，都对他竖起大拇指，甚至打趣他，叫他"书法家"。

老邓原来都是用旧报纸练字的，听了别人的夸奖，觉得再用旧报纸写字，实在是有辱自己"书法家"的声名。于是，老邓开始讲究了，买来好纸好墨，字写好也不再乱扔了，得意的作品还特意裱好，四下送人。

这下，老邓每月的花销剧增。老伴受不了了，强行把老邓的工资卡没收，甚至连老邓的私房钱也全被"查抄"了。

这下老邓傻眼了，没钱买纸买墨，还练什么书法！不练书法，自己哪来成就感？不过，老邓是个聪明人，他想出了一个好办法。

老邓请人为他特别制作了一支大毛笔，差不多有拖把那么大。老邓现在每天扛上这特制的大毛笔到公园去练字。以水代墨，大地当纸，这样练书法省钱。更重要的是，老邓在公园里练字，就会有很多人前来围观，听着别人的赞美声，老邓觉得浑身舒服。

这天，老邓在公园练完字，就见一个人笑嘻嘻地凑了上来。那人西装革履的，一看就像个文化人。那人递上名片，握住老邓的手使劲地摇呀摇，盛赞老邓的字写得漂亮，最后，盛情邀请老邓去喝茶，说有要事要和他商量。老邓看了一下名片，原来这人是家文化公司的老总，姓刘。老邓想，这人刚才一直在看我写字，难道是我的粉丝？老邓一高兴，便跟着他进了公园边的一家茶楼。

落座品茗，刘总很兴奋，说："老伯，您的字真是太棒了！我是搞图书出版的，看了您的作品，我突然有了想法，您写本字帖，我来出版，强强联手，共同发财。"

老邓乐了："刘总，为我出字帖，是不是要我包销一千本？如此，那就不是共同发财了，而是我破财，你发财。呵呵……"

255

说完，老邓一脸鄙夷地望着刘总，心想：小样，你也不打听打听我老邓是什么人！就你这雕虫小技，还想骗得了我？

刘总听了，不但不生气，反而大拇指一挑，赞道："老伯果然好精明！不过，我是真心的，为您出本字帖，不但不要您包销，而且还要付您稿酬！名家书法是好，但别人难学。所以，我要另辟蹊径！您的字是不如名家，但别人学起来有信心。接地气的东西，能大卖呢！这样吧，您给我写三百个字，每个字我付稿酬五百元！"

三百个字，每个字五百元？乖乖，那就是十五万啊！老邓手一颤，茶盅里的茶水便泼了出来。老邓有些尴尬地说："刘总好大方！不过……"

"哈哈……"刘总爽朗地大笑起来，"老伯，您警惕、怀疑那是对的，现在社会上骗子实在太多！不过，我可不是骗子。这样吧，您要是愿意，我们这就签合同，钱还可以先付。"说着，刘总打开随身带来的包，拿出合同。老邓扫了一眼，包里鼓囊囊的果真塞满了钱。

老邓忍不住接过合同，认认真真看了几遍，这是一份很正常的合同，应该没有一点问题。自己是甲方，乙方是江城报喜鸟文化传媒有限公司，刘总已经签了名，显然早已准备好了。

老邓一下热情高涨起来，顺手从刘总包里抽出一张百元大钞，迎着亮光看，钱是真钱。老邓笑道："刘总，既然要为我出字帖，那我是不是就应该写我最拿手的字？实话告诉你，我平时最喜欢写的、写得最好的就是毛泽东的那篇《为人民服务》，别的就写得差些火候了……"

刘总听老邓这么一说，忙掏出手机，飞快搜索，口中喃喃："毛泽东，《为人民服务》？哎哟，一共七百多字……"刘总面露难色了，不停地挠着头，最后仿佛是咬着牙才作出了决定，"那、那好，老伯您就写这个《为人民服务》，每个字还是五百元！只是今天我只能先付十五万，余款等您把字写出来后再付！"说完刘总指着合同，要老邓签字，签完字就付钱。

谁知老邓突然站起身，把合同推到刘总一边，一本正经道："刘总，我们都该冷静，糊涂事不能做啊！"说完，扛着他的大毛笔，雄赳赳气昂昂地走出茶楼，丢下目瞪口呆的刘总。

原来，老邓在要签字的那一刻，突然想起：天上不可能掉馅饼，自己的字怎么可能值三十多万？这里面肯定有猫腻。

在回家的路上，老邓就迫不及待地拨通在江城工作的儿子的电话，问儿子："江城有没有一家叫报喜鸟文化传媒有限公司的？"

儿子在电话中告诉父亲："还真有这么一家公司，几天前我还和他们打过交道。这家公司有些不规矩，我们正准备查处它呢。"

老邓继续问儿子："你小子现在是不是升职了？"

儿子告诉老邓："刚刚通过组织部门考察任命，现在是文体局局长，正准备向父母报告呢。"

果然，那个刘总不是傻子，也不是冤大头。老邓明白了：这刘总不是看中他老邓的字，而是变相向儿子行贿呢。老邓语重心长地对儿子说："儿子啊，职务高了，其实是肩上的担子更重了，千万不能因为金钱什么的迷失方向。老爸叮嘱你的还是那句话：清廉做官，公正为民！"

"请老爸放心，我一定会继续廉洁奉公。"

儿子的保证，让老邓很开心："哈哈，你也要放心，作为领导的家属，我绝对不拖你后腿！"

儿子一下云里雾里了。老邓笑着说："你老子现在书法大有长进了！刚才，那报喜鸟老总竟有本事找到我这儿，出三十多万要买我的字，我拒绝了！你老爸精明，当然不会掉进人家挖的坑里。不过，我还是决定给我儿子写几个字！"

儿子一下明白了老父亲打来电话的意图，忙感谢父亲支持他工作，最后表态：父亲写的字，他一定裱好挂在办公室里。儿子问："到底是什么字？"

老邓朗朗笑道："五个大字：为人民服务！"

编后记

古人云:不受日廉、不污日洁。廉洁是中华民族的传统美德,亦是中华历史文化的璀璨瑰宝。时至今日,中华传统廉洁文化有了一个划时代的名称:新时代廉洁文化。

习近平总书记在党的二十大报告中指出,深化标本兼治,推进反腐败国家立法,加强新时代廉洁文化建设,教育引导广大党员、干部增强不想腐的自觉。在此时代背景下,有着深厚大众文化传播传统的《故事会》编辑部,深入生活,关注民间,紧扣时代脉搏,精心打造《新时代廉洁文化故事》一书,努力以扣人心弦、动人心魄的文学作品,为弘扬廉洁文化做出应有的贡献。

本书围绕"新时代廉洁文化"这一主题,以老百姓喜闻乐见的表达形式,生动讲述发生在百姓身边的廉洁故事,小中见大,纸短情长。书中收录作品包括《故事会》近年来举办的全国性廉洁故事大赛中脱颖而出的获奖作品,《故事会》杂志相关专栏近期刊登的优秀作品,以及全国各个廉洁文化基地提供的精品佳作,旨在弘扬中华优秀传统文化,赓续红色血脉,把"廉洁种子"播撒到百姓身边,让"廉洁之花"开遍山川大地。

从结构上看，本书共分"持廉守正 两袖清风""修身齐家代代相传""携手话廉 河清海晏""廉润初心 笃行致远"等四个章节，其主要特色有：

第一，主题集中，内容厚实。本书所选取的故事紧紧围绕"新时代廉洁文化"这一主题，内容丰富多彩，既有清廉干部的智慧与担当，也有寻常百姓家的家风传承与弘扬，还有幡然悔悟、悬崖勒马的警示与思索。

第二，贴近生活，真实感人。本书所选取的故事均取材于老百姓的生活，通过适当的艺术加工，使得故事富有一波三折的戏剧性、感人肺腑的细节以及鲜活灵动的人物形象，能带给读者畅快却不乏真实感的阅读体验。

第三，可传可读，案例典型。本书所选取的故事都立足于一个"传"字，能让老百姓在茶余饭后、在街头巷尾口耳相传，经久不衰。书稿注重案例的典型与准确：以"小切口"解读"大问题"；以"小案例"阐释"大道理"；既讲"天下事"，又讲"身边人"。

古训说得好：行百里者半九十，越接近成功，就越为艰难，唯有谨守初心，砥砺前行。廉洁文化建设是一项长期的、动态的系统性工程，让我们以"永远在路上"的韧性，聆听好故事，开创新时代。

《故事会》编辑部